U0964821

小说像一张蜘蛛网，

哪怕只是极其轻微地粘附勾连，

它的边边角角却依旧落在生活上。

——［英］弗吉尼亚·伍尔芙

向蜘蛛学习写作

文学创作入门手册

陈崇正 著

SPM
南方出版传媒
广东人民出版社
·广州·

图书在版编目（CIP）数据

向蜘蛛学习写作：文学创作入门手册 / 陈崇正著. —广州：广东人民出版社，2021.8
ISBN 978-7-218-15136-6

Ⅰ. ①向… Ⅱ. ①陈… Ⅲ. ①文学创作 Ⅳ. ①I04

中国版本图书馆CIP数据核字（2021）第131816号

XIANG ZHIZHU XUEXI XIEZUO
向蜘蛛学习写作

陈崇正 著

出 版 人：肖风华

出版策划：钟 菱
责任编辑：王智欣 古海阳
责任技编：吴彦斌 周星奎

出版发行：广东人民出版社
地 址：广东省广州市海珠区新港西路204号2号楼（邮政编码：510300）
电 话：（020）85716809（总编室）
传 真：（020）85716872
网 址：http://www.gdpph.com
印 刷：佛山家联印刷有限公司
开 本：889毫米×1194毫米 1/32
印 张：8 插 页：1 字 数：180千
版 次：2021年8月第1版
印 次：2021年8月第1次印刷
定 价：48.00元

如发现印装质量问题，影响阅读，请与出版社（020-85716849）联系调换。
售书热线：（020）85716826

自 序

为何要向蜘蛛学习写作?

好吧，如果看到书名，你还希望到这篇序言中寻找答案，说明你是一个对世界充满好奇心的读者。

向蜘蛛学习写作，并非惊人之语，而是我切身的写作体会。回顾我十多年的写作生涯，我更能清晰地看到自己是如何建立一个写作的原点，再沿着这个叫半步村的地方，慢慢去建构属于自己的精神家园。我写作总是会从自身出发，再到旷野，最后走向开阔的世界。而这不正是每一只蜘蛛都会做的事吗？不仅仅我自己，我相信所有的作家也是如此，写作版图总是慢慢扩展，一个人的眼界总是需要慢慢打开，如蜘蛛织网越走越远，直到完成了自己。

向蜘蛛学习写作，还因为蜘蛛身上拥有诸多与写作相契合的品质，而这些品质正是初学写作者非常需要的。比如勤奋，锲而不舍地保持输出，按部就班保持写作的节奏，这几乎是破解“毫无灵感”这个老问题的不二法门。再比如以静制动的态度，再比如用像蜘蛛丝一样的思维将毫无联系的事物联系起来，再比如保持一个凌空俯瞰的写作姿态，同时又不至于凌空蹈虚，脱离了坚实的大地。

向蜘蛛学习写作，意味着学习一种细密繁复的写作风格。我们要通过自我训练，认识“繁复”所能带来的写作价值。但繁复并不意味着繁乱，蜘蛛不会允许自己织出来的网凌乱不堪。写作需要“由简到繁，再由繁及简”的章法，唯有如此，一个人的写作才会具有密度，同时又从容不迫。

所以，如果你喜欢写作，那就从做一个小小的“文学蜘蛛侠”开始吧。心有蛛丝，不吐不快。写作不但是将你的满腹才华展现在阳光下，而且也让你在故事中重生，拥有自己的第二人生。

我早就明白教人写作是一件吃力不讨好的事，因为每个人的人生经验不同，世界观千差万别，一种你非常珍视的经验到了别人那里可能弃之如敝屣。但从初学写作者的角度考虑，确实有人摸不到写作的门径，盖因许多大作家不屑于讲解写作之道，又有许多人的写作完全出于直觉，无法从方法论层面讲出一个所以然。

我总是一次次回望我的写作出发地，作为一个笨拙的写作者，我走过许多弯路。如果能穿越时光，那时的我能和现在的我相遇，我会直接将这本书送给他，告诉他做一个勤快的“蜘蛛侠”。这大概也是我写这本小书的原因之一。

陈崇正

2021年2月于广州

目录

上篇　入门准备

1. 我很想写，但写不出来怎么办？ 002
2. 高考结束后如何自学写作？ 007
3. 应该选择怎样的环境写作？ 013
4. 能不能为了稿费而写作？ 016
5. 总是被退稿，我是否不适合写作？ 019
6. 屡屡被退稿我应该怎么做？ 022

中篇　写作技巧

写作资源
1. 人生经验如何转化成写作资源？ 026
2. 想写过去的生活为什么那么难？ 032
3. 怎样把自己没经历过的事写得很真实？ 037
4. 想象的情爱如何作为写作资源？ 041
5. 如何防止出现才思枯竭的情况？ 054

写作风格
6. 文笔究竟是什么？ 060
7. 小说是不是写得越难越好？ 069
8. 什么样的风格更先锋？ 073

谋篇布局

9. 常见的小说结构有哪些？ 080
10. 小说如何开头？ 088
11. 小说中的时间感如何呈现？ 090
12. 如何提高小说的完成度？ 099

故事情节

13. 如何让读者产生故事代入感？ 109
14. 写小说选择第几人称比较好？ 115
15. 小说中如何写好对话？ 120
16. 如何在故事中设置悬念？ 133

人物塑造

17. 人物角色的功能如何分配？ 141
18. 新的现实对刻画人物有新的要求吗？ 144

向蜘蛛学习写作

19. 诗与装置的融合 147
20. “逃离”作为装置的具体例子 151
21. 蜘蛛织网的原点 155
22. 城乡雅俗与未来感 158
23. 像蜘蛛一样保持输出 163
24. 轻而密的蜘蛛丝 167
25. 向蜘蛛学习写作 171

下篇　经典范例

1. 王小波的写作秘密何在？ 178
2. 《万寿寺》：记忆的重写 193
3. 《红拂夜奔》：死亡作为想象力的容器 203

4.《寻找无双》：智慧的遭遇 212
5. 转述与意象：黄金白银中的诗意 221

附录 有关写作的闲话

1. 新冠时期的文学和命运 234
2. 青春文学消亡史 239

上篇 入门准备

01

1 我很想写，但写不出来怎么办？

最近我在微信公众号里被询问得最多的问题是“写不出来怎么办”。这个问题包含好几种情况，我无法一一回答，只好集中在这里解答。

“写不出来”是一个老问题，不但初学者有这种情况，大作家又何尝没有？就比如作家余华，他在论述长篇小说的写作时，描写了一种“写不下去”的极端情况：“平庸的细胞在长篇小说里一旦扩散，其速度就会像人口增长一样迅速。这时候作家往往会自暴自弃。对自己写作的不满，而且是越来越不满，接下去开始愤怒了，开始恨自己，并且对自己破口大骂，挥手抽起自己的嘴巴，最后是凄凉的怀疑，怀疑自己的才华，怀疑正写作中的小说是否有价值。这时作家的信心完全失去了，他觉得自己被抛弃了，被语言、被结构、被人物甚至被景色，被一切所抛弃。他觉得自己正在进行的工作只是往垃圾上倒垃圾，因为他失去了一切对他而来的爱，同时也背叛了自己的爱。到头来他只好无可奈何地发出一声声苦笑，心想这一部长篇小说算是完蛋了，这一次只能这样了，只能凑合着写完了。”

其实不但余华如此，写出了《老人与海》的海明威也是如此。他在一本回忆年轻时候在巴黎生活的小书《流动的圣节》（也译作《流动的盛宴》，推荐大家读一读）里头描写了他写不出来时候的困境，他说，“在我动笔写一篇新的小说时常常开不好头，这时我就坐在炉火旁边用手挤小橘子皮，让汁液滋进火苗外缘，看那蓝色的火焰噗噗地窜起来。然后，我站起身，俯视着巴黎城里各种建筑物的屋顶，心想：‘不要着急，过去你都能写成功，现在也同样能写下去。’”这时候20多岁的海明威还不知道他30年后会获得诺贝尔文学奖，他的写作刚刚起步，没有人知道他面对的困难，生活上的和写作上的。我们知道，古往今来大部分人都是困顿的，都是缺钱的，但这里头有的人成为传说，有的人成为笑话，其中的区别是面对同样的困难，不一样的人有不一样的反应。在最困难的时候，海明威对自己说：“唯一的要求就是写一句真实的句子。写上一句你所知道的真实的句子。”他这么做了，然后他有一丝宽慰：“这样一想，我就能想出一个真实的句子，然后继续往下写。这并不难，因为我知道，或者见过，或听别人说过的真实句子总是有的。如果开头我写得过于雕琢，或者像在介绍和推荐某种东西，这时就能把那些华而不实的东西剔出来扔掉，从第一句简单而真实的叙述性句子开始往下写。”

其实海明威在面对“写不出来”这种情况的时候，他还有一个绝招，那就是在最流畅的时候停笔。也就是说，在写得最顺利的时候、最有想法的时候，停下来不写，为下面的内容预留空间，保证第二天在开始提笔继续写作的时候，不会感觉太苦涩，能够很快进入状态。另外，这种做法也有效地避免了得意忘形的情况。有时候下笔太顺，出来的文章不一定好，回头看看会懊恼。这就是余华所谓的“平庸的细胞”，它是写作的致癌物。

上面所论述的情况，是成名作家的“写不出来”。他们的共同之处在于，他是明白要写什么的，他是掌握了一定技巧的，他主要为如何避免平庸、如何变得更好而苦恼。也就是说，这是一种比较高级的“写不出来”。

而中级的“写不出来”，一般出现在有很好的灵感，有很好的想法，但一落笔，就感觉写出的东西跟自己的想法完全不同，感觉这不是自己想要的东西的时候。如同一个不会做菜的厨师，有很多非常好的食材在你面前，但是你还经常把菜给烧焦炒煳掉了。这常见于有一定写作基础的初学者。对于这种情况，鲁迅在大约90年前发表过一个小说，叫《幸福的家庭》，他用嵌套的笔法写了一个青年为了赚点稿费，幽居一室之内冥思苦想一篇叫《幸福的家庭》的小说，最终因为家庭的聒噪而失败。所以，面对写不出来，鲁迅的观点是写不出来就“不硬写”。这个观点是有一定道理的，因为写不出来，说明你还找不到表现这个题材的最恰当的角度和语调，如果贸然下笔，往往会浪费“食材”。那么是不是安静等待，等到有一天灵感来临才动笔？不是的，至少台湾的李敖不会同意。李敖有句很有名的话：“妓女不能靠性欲才接客，作家不应该靠灵感才写作。”对他而言，盲目的等待只会让优秀的“食材”失去新鲜度，所以他说：“我不能靠有灵感才写作，要靠习惯，只靠灵感绝不能成为好作家。”无数作家都强调了创作习惯的重要性，所谓创作习惯也就是规律地写作。他们在长年累月的书写中培养了良好的写作习惯，比如台湾有个作家唐诺，他说自己每天没什么事就到咖啡馆里，只写五百个字左右，不多不少。

这种规律而节制的写作，往往能走得更远。

好了，有些朋友开始感到迷惑：讲了这么多，那你说的究竟是不硬写还是不等待？

不能盲目动笔，也不可消极等待。还是用做菜来打比方，面前放着一盆海鲜，你不能等到几天后甚至几个月后才开始做菜，一味的等待当然是不行的。你应该主动出击。这个时候，虽然你不急于动笔，但有那么一段时间，几天或几个星期，你的整个身心必须开启一种“寻找模式”，就像手机搜索Wi-Fi信号一样，随时等待连上信号。所谓“两句三年得，一吟双泪流”，讲的就是这么一种冥思苦想的状态。这是每个初学者都必须经历的状态，如果不经历这样的焦灼，如果不经历一次次的搜索，你很难有进步。在这个搜索思路的过程中，你可以阅读，可以旅行，可以跟有意思的人交流，可以做一些相对比较“慢”的事情，但要让整个身心都沉浸在故事之中。重要的就是频道要对。假如没有思路就换频道，心不在焉，忘记自己在写作，那不可能获得好的思路。

当然，你也可以尝试着把你的思路整理下来，就如海明威所说的那样，先从一个句子入手，慢慢打开。海明威说：“自从我开始彻底改变创作方法，摒弃一切技巧以来，我力求以塑造代替描述，写作便有了无穷乐趣。”海明威在告诉我们，用自己最拿手的写作方式进入状态，可能更快找到解决问题的办法。而鲁迅在“不硬写”这样一个告诫之外，还说过一句话，他说好文章不是写出来的，而是改出来的。也就是菜炒煳了只能扔掉，但文章写坏其实可以重新来过，修改或重写。修改和重写当然比较痛苦，但是许多人都是从这样一次次痛苦的教训之中走过来的。“眼高手低”有时候也很重要，总比“眼低手低”要好，慢慢从“眼高手低”转而为“眼高手高”，不就成功了么?

写到这里，文章就要结束了。这时有些朋友会问，你刚才讲了高级和中级，那么初级怎么办?所谓初级，就是说他有想写的心，但不知道该写什么，也不知道从何下手。对于这种一片空白的朋友，诚恳的建议有两条：一是多读书，二是从写自己的故事开始吧。因为只有自己，才是你的世界唯一的标本；只有从面对自己入手，才有可能找到写作的钥匙。

2 高考结束后如何自学写作？

十八岁那年，我目空一切，瞧不起很多人。比如我会非常佩服已名声在外的李敖，而瞧不起当时还不太有名的韩寒等青春写手。那时，年龄还没有足够大到可以治疗各种不服。对于全身上下都充满不服的一个人来说，觉得自己只要一剑在手，就可以笑傲江湖。

前些天我去参加一个“90后”的文学活动，活动中只有我们三四个作家是“80后”的老男孩，我突然发现，在这个群体中我应该或理当是被列为“瞧不起”的那一类人。或者这么说，如果我自己是“90后”中的一员，看到现在作为“80后”的我，文章写得不怎么样，也不出名，还没读过他的书，居然敢大摇大摆出来撑门面，我自己必然会产生各种不服。

换言之，我又一次不小心活成自己最不喜欢或瞧不起的那类人。

透过这样一个小事件，我想说的是，文字的江湖已经惨遭挤压，空间很窄，能容纳的眼光和视线的聚焦点非常少。如果你很不幸在最美丽的年龄选择了中文系，像我10年前那样，那么就必然趁早做好打算。

再啰唆一句，这篇文章主要写给广大平凡青年，“泰山、北斗、少林、武当”的有为青年不在论述之列。

中国现行的教育体制有不少弊端，其中有一点便是高初中过度管束，到了大学却放任自流，一收一放，很多人就被废了武功。如果你在高中是个好孩子，不像我那么叛逆，如果你习惯于听从，习惯于讲台上的各种指令，那么到了大学你会发现基本没人理你。进一步你就会发现，许多课是可以不上的，许多话是可以不听的，许多人是可以不理的，许多事即使认真做了也是没有意义的。在三分之二的时间里，你会浸泡在空虚无聊之中，然后花另外三分之一的时间来对别人感叹自己的空虚无聊。

你我都不是神话的主角，没有谁生下来就被上苍赋予了某种神圣的使命，天然地需要确立人生的意义。换言之，人生本来就是没有意义的，所有的意义只是自己给自己的。

要为自己的人生确立意义，这是你进大学要做的第一件事。

对于我来说，我无数次思考人为什么活着的结果，是提炼了一个答案，即是将人生的意义安放在两个维度上，一个叫价值，一个叫幸福。在漫长的人生中，这两个维度可能会有矛盾，也可以没有任何联系，但我以为，坚持这两个坐标系统的积累和经营，人生会更加充实。这个问题很庞大，这里不继续讨论。

很多人选择了中文系，其实是非常茫然的。就像十年前，我以为自己会是一个律师，因为所有的志愿我都填了法学，但却发现自己进了中文系。

如果你跟我一样被动选择了中文系，如果你跟我一样进了一所不起眼的高校，那么，接下来的四年时间，将很大程度上决定你与其他人的差异。用四年时间去做什么，将决定你为什么是你，而不是他。

刚才说了，首先要为自己的人生确立意义，同样地，大一时候，你就要明白自己的大学时光大概以什么为目的。主要分两类，一类是继续读研或留学，一类是毕业工作。如果是前者，那就读书吧，有计划地啃完该啃的书，做好笔记，有条件还可以向名校名师弄些笔记，好好学习，天天向上；如果是后者，注定是“打工人”一枚，那至少也要做“打工人”中的霸主，要混得好，主要还是靠实力。

你选择的目标决定了你四年的风格——定位错误会付出很多代价。比如你不考研，就没有必要去钻研许多古奥的理论；如果你要考研，就没必要花太多时间去混社团。有人说我既想考研走学术路线，也想丰富多彩，这种情况也有，因每个人的能量和性格不同而不可一概而论。但我想说，别把自己的大学生活搞得好像风生水起，但最终一无所获。尽量简单点，能完成自己计划内的事情，再去拥有计划外的事情，可能会更好一些。

定位好自己的目标和方向，然后就要理清楚自己大学四年究竟要做些什么。我的观点是，大学四年，首先要检阅自己的性格缺陷，然后再完善自己的知识结构。许多人的人生道路已经提供了一种证明，成功是因为自己完善的知识结构（这千差万别），但失败往往是因为自己的性格缺陷（这趋于一致）。

也就是说，要将检查和修补自己的性格缺陷放到与学习专业知识一样重要的位置上来。假如你以后要做一个文字客，例如作家、记者、编辑、教师、文员、秘书、编剧，那么你应有意识去打磨自己的精神气质，尽量让自己犀利、敏锐、果敢、坚韧、卓尔不群，克服内心的怯弱、犹豫和空白，克服性格上的拖延和懒惰，克服负面情绪，在内心深处培植善意，但在外在气场上必须有质疑的精神，这样才不至于盲从，成为傻傻的老好人。

这些话说起来非常好听，但做起来是很难的。一个人要在内心安置一款适合自己的“杀毒软件”，时时为自己“杀毒”，很难。性格缺陷几乎是不可能完全消除的，但我们可以消除那些致命的部分。我们年轻时候会讨厌很多人，这些人啰唆、平庸、爱卖弄、没创造力，然后，长大了我们就发现自己慢慢成为他们。一切都是因为我们的性格缺陷与他们的渐渐趋于一致，而这些是在岁月中一步一步积累而成的。

与消除性格缺陷同样重要的事，是建构自己的知识结构。

无论你以后是否从事写作，但在中文系念书，最好能练好笔杆子。多年以前几乎所有的中文系都声称自己不生产作家，这是一个巨大的谬论。中文系将最难的一部分职责巧妙地推卸掉了——首先强调作家是需要天赋的，然后强调中文系只负责学术研究的部分，创造的部分一概不理。这无疑是先拔高再踢掉。中文系出不了大作家，但应该有责任培养一批写作者。而据我所知，许多高校中文系的写作课，基本都成为写作研究课，专讲理论，言不及义。

也就是说，从走进中文系的大门开始，你就应该明白一件事：写作能力的提升，只能靠自己。

许多人会问：如何提高自己的写作能力？然后，许多人会答：多读多写。然后呢？还是多读多写，没有了。

这无疑是一条死胡同。

写作如登山，窃以为最开始还是要找到一个突破口、一条铁索桥、一架木梯，只要来得顺手总比在灌木丛中瞎转悠好。你要找到适合自己的文体，并开始突破它。总不能人家问你：同学，你写什么的？答：散文。写什么散文？答：什么都写。再问：那你读什么书呢？答：什么都读。在写作、练笔这个目标之下，刚才说的知识结构和性格修炼就会成为道路前方两个必然要跨越的障碍物。选择某种文体，有目的性地去涉猎一类书籍，在其中找到一个突破口，这可能是你大学初始阶段必须要做的事情。

具体地说，如果我想先练练诗歌，那么我必须阅读什么书，我要整理我什么样的人生经验，我必须具备一种什么样的思考方式，如何将我性格中敏感细腻、用心观察的部分激发出来，这些都成为知识结构和性格修炼两个维度上必须解决的问题。诗歌写作有一些必读书目，比如海子、顾城的诗集，比如一些简单的诗论，比如网络上一些实验性的作品。在这些优秀的作品背后，诗歌所产生的整体气场和感觉，别人是如何做到的？面对同样的事物，他们的切入点、触觉与别人有何种差异？

当然必须承认，诗歌写作一部分是靠阅读和学习，一部分还是需要靠嗅觉。要成为一个诗人，靠学习是可以做到的，但若要成为一个优秀的诗人，则需要一些偶然的因素，比如人生阅历，比如敏感的性格和敏锐的眼光。

小说也是一样。一个是必读书目，需要靠勤奋去完成；另外一个是人生阅历和性格，需要花心思去发掘和培养。然后，就只能交给机缘。

在练习创作诗歌和小说的过程里面，文字的感觉就会被慢慢培养起来。那么即使成不了诗人和小说家（没必要每个人都成为诗人和小说家），至少你的文笔变好了，当一个写作者总是可以的，以后进入具体的行当，内功在，练练招式，很快就可以上手。

而且练好了诗歌，有了诗歌的语言，创作小说和散文也就有一些优势；练好了小说，能摸索清楚场景的构设，对其他文体写作也必然会有裨益。

找一个文体，下一番工夫，做一些功课，要比漫无目的去写好。我刚才举了诗歌和小说的例子，其他的，比如剧本或报告文学、人物传记之类的非虚构写作，也是可以训练的。但一般不建议一开始就选择散文，因为散文太宽太大，门槛太低，很难专业，也很难写好。散文只能用来打底和调试，也就是说，无论你是写什么文体的，都应该写点散文，至少到报纸上发几个“豆腐块”，证明你念过中文系。

一口气写了这么多，非常混乱，也把我自己写累了。总结起来有几个要点：目标定位、方向风格、找准突破口、建立知识结构、消除性格缺陷。一切有利于以上目标的事情多做，一切不利于以上目标的少做。社团活动适度，但不能没有；恋爱别太早出手，但不能没有——上大学的，怎么也得谈一场恋爱。但别一上来还没有看清楚，就天昏地暗爱上了，后面的专业成长就成扯淡了。

文字工作是一个古老的行业，饱受挤压，侥幸不死。既然进了门，就要学好。倘若四年下来，你还没有变懒，你还能保留一点个性和童心，那就是我佛慈悲，阿弥陀佛！

03

3 应该选择怎样的环境写作?

一个人写作的时候，外部的环境究竟会起什么作用呢？会不会影响写作者的灵感？这样的问题基本没有答案，因为具体情况总是因人而异的。

如果要说其中的经验规律，也可以说几点。许多人早期的写作，其实是在十分无序的情况下完成的，一个人如果处于写作的爆发期，或者长期处于精神亢奋的情绪型写作状态，他基本是很难受环境影响的，只会一味埋头苦干，再嘈杂的环境都会充耳不闻。所以第一，你要弄清你的写作类型，如果你是属于情绪型，比较容易进入状态，那么在没有直接干扰的情况下，应该是可以调整一下快速进入状态的。有人将作家的写作比作做“白日梦”，挺形象的，作家确实是在醒着的时候进入了另外一个世界，思维就停在那个世界里。但前提是，不能有直接干扰，如果有直接干扰，比如总有人来拍你的肩膀，总有电话来骚扰你，那你基本很难集中注意力。我有一个朋友挺牛，他曾说自己可以在办公室一边办公一边写小说，还能跟人家聊天。但我很怀疑这样的写作的有效性。一种无法完全专注的写作，常常会是无效的，至少你在语言层面容易紊乱杂糅，很难形成比较高层次的语言风格。

第二个规律是，随着年龄的增长和写作节奏的减缓，作家对于环境的要求会越来越高，而适度的环境干扰有时候能让写作的注意力更集中。我记得马原曾说过，他写作之前喜欢拉上窗帘，打开台灯，灯光非常集中地倾泻在书桌上，而周遭都是漆黑的。这样的环境为他营造了一种类似舞台一样的感觉，容易让人进入白日梦。写作的思辨性越强，越要求安静的写作环境。但对于小说写作而言，我的经验是，过于安静的环境未必是一件好事。我常常把自己一个人关在书房里，一个上午都写不出一个字，都是晃来晃去，很难集中精神。相反，在咖啡馆甚至高铁上，虽然周围人来人往，但我反而可以集中注意力，因为周遭有人的存在，你不能像一个人待在书房里那样无拘无束，也不好总是东张西望，相反你要稍微端庄一点、严肃一点，那么就只能对着电脑认真工作。所以，保持环境的适度干扰，有时候不是坏事，完全与世隔绝反而容易懈怠。

第三个规律不一定准确，这是一位有名的诗人告诉我的，是关于写作者的气场跟空间的关系。她说如果你的气场无法与你的空间相匹配，是很难得到诗神的眷顾的。大概是说，如果你的气场比较小，写作的格局也比较小，你就不要去选择一个非常大的房间作为你的书房，也不要去选择在很大的空间里面写作，比如广场，比如田野，因为你的气场顶不住。最好是先求小，空间不是越大越好，小空间反而容易让人精神集中，封闭的空间能给写作者一种比较微妙的安全感，刚才说写作是白日梦嘛，所以做梦之前，首先必须确保环境安全。

现在的作家大部分都用电脑写作了，很少有人用纸笔写作。那么写作之前，尽可能让自己有一台好电脑，不是说要多高配置，但至少用起来要得心应手，不要老是死机出故障，“工欲善其事，必先利其器”，边写作边鼓捣电脑是一件很难受的事情。当然，电脑和纸笔的对比还可以给我们一个提示，那就是如果在电脑前面没有灵感的时候，也可以尝试着用纸笔先写一写。写作是古老的技艺，多少年来作家都是用笔写作，也许笔头的游动，会带给你一种全新的感受，从而打开了一个想象的世界。

04

4 能不能为了稿费而写作？

本来这个问题是：“经常被退稿怎么办？”但我发现这几个朋友在提到退稿的时候都不约而同地提到他们想赚稿费。好了，听到为了稿费而写作，有人就会这么说：“写作应该有一个崇高的目标，不应该盯着稿费，应该从人类的高度去考虑问题，稿费多寡有无根本就无足轻重。”或者说：“这么喜欢钱，这样的作家一定写不出好作品。”我不同意这样的说法，至少不能完全同意。

网络文学作家、自媒体写手、影视编剧，这些人也会写故事，如果说他们就是为了钱，好像非常顺理成章。然而如果一个从事严肃文学创作的作家说他为了稿费写作，好像就有某种道德上的负担。那么，一个严肃文学作家能不能为了稿费而写作？相信没有一个作家会说他是为了商业目的而写作。但如果现在有一个作家说他写的东西是准备藏之名山等待百年之后被别人发现，那么很多人估计会抽他耳光。作品写出来，就是期待被阅读的，就是必须商品化的。如果一部作品没有被复制的价值，也就没有被反复阅读的价值。如果你写出了一部只有一个人读得懂的作品，那么基本是没有意义的。所以，我觉得一个好的作家，不要拒绝市场，不要拒绝商业，当然，也不要迎合它。因为要靠写作，特别是纯文学写作发财致富，那基本是不可能的。我期待一个更为良性的文学市场，让我们写出来的东西能换取一点养家糊口的活命钱，但我心里也十分清楚，你如果是为了钱而写作，那基本也就完了。

那么，是不是应该为了写作不顾一切？昨天有一个朋友说他打算辞职专门写作，问我是否可行。我明确表示反对，因为眼下很难用文字来养活人。我不反对为了梦想有所付出，但我反对把日子过得困苦不堪。只有从极其贫穷的岁月中走过来的人，才能明白贫穷意味着什么。人并非一个人活着，还要为很多跟你密切相关的人活着，要让你在乎的人活得更好。如果将自己活成别人的负担，那么无论理由多么正当，无论梦想多么伟大，我心里都会鄙夷，都会抵制。况且这所谓的文学梦想，你实现的其实是一种精神价值，并不是科举，也不是投资，并不一定会带来什么现实的回报。也就是说，你物质的受难和精神的丰盈并不成正比，并不是你过得越苦，写出来的东西就越震撼。两者可能完全没有联系。曹雪芹没有因为写了《红楼梦》，就扭转了整个家族的衰败。文学创作不同于科技创造，能直接体现为物质回报，甚至连画画唱歌都比不上。

所以，文学的追求与现实生活之中并没有一道公式，也没有此消彼长的关系。话说回来，稿费之类的物质因素在写作这件事里头究竟应该扮演一个什么样的角色比较恰当？对我而言，为了让我的写作获得更多的动力，我必须在内心十分庸俗地将稿费之类的物质收益和写作的勤奋度搭建一种关系。当然，不是说人越物质就越庸俗；相反，我觉得追求稿费虽然格调不高，但比之许多乌烟瘴气的事情来说，这已经显得非常高雅，一点都不俗。况且，在写作这件事上，并不是越清高的人写得越好，而经常是越物质的人写得越多。只有量上有积累，才可能在质上面有所突破。于是，越物质的人，写得越多，就越有可能写得好。我们纵观古今中外的作家，很多就是为了还赌债，为了吃一顿饺子，为了找更好的工作，为了追一个女人而写出了令人惊叹的作品。就比如陀思妥耶夫斯基，这位大师在被当成大师之前，总是欠一屁股债，他为了把生活过得更好，于是就去赌博，然后可以预料：他赌输了，欠了更多的赌债。为了偿还赌债，他只能写，拼了老命地写。出版商知道他能写，写出来的书也能卖钱，因而都乐意逼着他去写。于是，我们的大师为了赚钱，写出了《卡拉马佐夫兄弟》等一系列世界名著。另一个例子我们也不陌生，那就是巴尔扎克，他也是为了还债，不得不熬夜写作，人生太悲剧，却写出了一出《人间喜剧》。相同的例子太多了，就国内而言，比如莫言最初写作的动力是为了吃上饺子；余华写作的动力是为了摆脱一个个丑陋的口腔（他那时是一名牙医）到文化馆去工作；而阎连科则因看到了张抗抗因为写作进城工作了，所以也夜以继日地写，短篇不过夜，中篇不过周，写作速度非常快。

所以，写作的目的物质一点，并不碍事，只要你创作的欲望足够就可以。当然，千万别做那些下三滥的事情，比如抄袭，比如用什么写作软件来投机取巧，更别用群发软件投稿。

05

5 总是被退稿，我是否不适合写作？

假若你不断被退稿，有可能是你不适合写作，但概率比较小。你都已经能够有这样反省的意识了，所以你应该不是那种最不适合写作的人。什么样的人最不适合写作？写得非常差劲，但却还自以为是、无比自恋的人。这些人永远活在自我陶醉之中，不会进步，往往还能发一点小文章，但一直到老，他也只能炫耀他发表的那点东西，沾沾自喜。甚至你奉承他，他也认为理所当然，他大概觉得世界上再高的赞誉都配不上他的文字。古今的文学史是一个大戏台，但他永远不会登场，他只是在戏台之外原地踏步，这真是糟糕透了。成为一个会写作的人，混个中间层次，对许多人来说并不难，这取决于是否勤奋，心态和路径是否正确。但想要成为优秀的作家，成为重要的甚至伟大的作家，那么决定因素有很多，其中主要因素确实是天赋、运气，还有后天锲而不舍的努力。

然而，即使是伟大作家、重要作家，他们也曾面对被退稿的境遇。许多经典作品在出版之前都遭到退稿，心情不好的时候你可以把这些退稿信找来看看，获得安慰。那些故事都挺励志的，就比如简·奥斯汀。1797年，她的父亲将她的书稿《第一印象》寄给凯德尔出版公司。老凯德尔是当时英国出版界数一数二的人物，但他儿子小凯德尔就没有这样的眼光，这小家伙比较傲慢，他竟然将书稿原封不动地退了回来，没有拆封，也没有任何附言或评审意见。几十年后这部书稿才得以出版，这就是后来享誉世界文坛的经典作品《傲慢与偏见》。在出版业相对发达的18世纪的欧洲，一本名著尚且差点被埋没，寻常作品就更不用说了。而在我国唐朝，很多人的成名也具有相当的偶然性。李贺生前诗名平平，临死之前将毕生的诗稿交给好友沈述师。不料沈述师是个马大哈，一直到李贺去世14年之后的一个深夜，他喝醉酒弄翻了箱笼，才发现李贺的诗稿，大为惭愧。于是，他连夜把杜牧叫醒，让杜牧为李贺的诗集写了一篇序言，这本诗集才流传开来，一直流传到李商隐手里。青年李商隐对李贺的诗歌击节赞赏，便去打听李贺的生平，并为之立传。但那时李商隐也寂寂无名，要在100多年以后，杨亿等人开始四处搜集他的作品，他的诗歌才被广泛模仿和流传。

诗人济慈的坟头刻着生前自己写下的墓志铭：“此地长眠者，声名水上书。”但声名无论是写在水上，还是写在天空，抑或刻在石头上，都是由别人的眼光拼写成的。在文学的路上，并没有一个标杆，可以丈量每个人走了多远。所有的标杆，都有失灵的时候，都有丈量不到的疆域。所以张爱玲说“出名要趁早”，要说“来得太晚的话，快乐也不那么痛快”。19岁的张爱玲在《天才梦》一文中写道：“我是一个古怪的女孩，从小被视为天才，除了发展我的天才外别无生存的目标。”若不是她的才华与历史的真空产生了碰撞，那么恐怕她的声名也会被淹没和涂改。人生总是有许多被遮蔽的无奈，但怀才不遇地活着，总比碌碌无为要来得好。茫茫时空之中，上下五千年，纵横千万里，多少人成为文学地图上的亡灵。他们活着，只有自己知道，百年孤独的美感成为自我的唯一价值。

因此，你被退稿，其实并没什么，你要充分做好被埋没的心理准备。唯有如此，你才能更勇敢、更坚韧地战斗。《哈利·波特》系列第一部就遭到过12位出版商的退稿，但这都不妨碍它后来的畅销。被退稿，说明你还有被退稿的价值，现在更多人是稿子石沉大海、杳无音信，甚至对投稿这样一件事都失去信心。作者烦躁，编辑也烦躁；作者没耐心精雕细琢，编辑更没有耐心读完。所以通常的情况是，作者一直感到怀才不遇，而编辑一直在感叹没有好作品。而另一边，网站为发表提供了各种可能，但那只是另一种被淹没的形式而已。试想，专门提供原创网络小说的网站每一分钟都不知道增加几篇文章，每几十秒就会增加一个章节，几十万潜在作者在电脑前埋头苦干，全都是制造故事的码字高手，用大海来比喻也不为过。

6 屡屡被退稿我应该怎么做？

如果你是一个初级作者，那么别嫌烦，先从标点符号开始修整自己。作为一个编辑，我经常会收到一些投稿，经常会看到一些作者连标点符号是中文符号和英文符号都分不清楚，句号“。”常常被写成“.”，省略号也不会在键盘上敲出来。你说，这么不专业的稿子，编辑看一眼不烦么？另外，要多修改，多尝试将自己的长文改短，将短文写长。这里头包含两种能力：一种是写长文章的能力，跟潜水一个道理，你一口气能写多长的文章，是需要练习的；另一种是凝练文字的能力，就是用最精准的词汇，表达最精准的意思，不要有多余的句子，不要有多余的词语，修饰词要恰当，不是越花哨越好（这个我们以后还会继续讨论）。这个时期，别急着投稿，多练习，可以在社交媒体上放一些自己认为修改得比较成熟的文章。习作一般是换不了稿费的，别痴心妄想，发太多“豆腐块”，除了把自己的谦虚搞坏之外，其实得不到更多的东西。

如果你是一个中级作者，那么这时候除了大量阅读之外，讨论和交流就显得十分重要。阅读的问题我们一直在强调，但作者小团队、小圈子之间的交流，是提升能力和信心很重要的途径。这个时期，寻找跟自己差不多水平的人一起切磋（一般年龄也相近）非常重要。如果还在念书，那么就必须通过网络（论坛、豆瓣、微博、微信）跟别人进行互动，只要不会在互相吹捧之中迷失自我，应该能很好地锻炼自己的触觉。同时，通过大量阅读同龄人和比自己稍微好一些的作者的文章，也能得到一些好的启发。这个时候，别急着到处投稿，更别群发投稿。编辑最讨厌看到邮件中收件人里头有一排邮箱地址。有人会说，那我一个一个发——没用的，别这么做。只有在一段时间之内自己感觉比较拿得出手的，才可以拿出来、投出去，多选择一些相对公平的平台，比如一些比较纯粹的比赛。也可以用寄打印稿的方式给一些会阅读来稿的报刊投稿。据我所知，还是有许多刊物会拆读纸质投稿的，这点信心还是要有。我不建议这个阶段的作者用邮箱投稿，除非你能够确定那个邮箱是有人会打开来阅读你的邮件的。大刊物的邮箱基本都爆满，他们读不过来。

你如果是完成度比较高的作者，能够非常确定自己的作品还不错，有那么一点怀才不遇的感觉，那么在这个阶段其实是最痛苦的。但一定要耐得住寂寞，要相信这就是黎明前的黑暗。我给这个阶段作者的建议，也是两个：第一，大量囤稿。纯文学的创作非常不容易，所以手里一定要有一定量的优质稿件，你才能装出一副怀才不遇的样子。如果没有，那么收吧，回到中级阶段去。大量囤稿也可让自己更冷静地修改自己的作品。我们往往有一个共同的感觉是，每次刚写完一个作品的时候，都觉得这个作品好得很。但放了一段时间之后，就会觉得它其实不过尔尔。如果你在刚写完的时候就急着将它投出去，一般来说，你很快会后悔的。第二，这个时候你可以寻找机会认识一些比你厉害的人，取得他们的认同，让他们帮你推荐稿件。我认识很多在写作上面有一定水准的人，他们大部分都很善良，如果你确实写得不错，他们还是很乐意帮忙推荐的。当然，前提是你必须不错，而且还必须是那种比较有个人特点和风格的不错，这个很关键。也就是说，你必须给他一个推荐你的理由——凭什么。不是凭你有一张苦瓜脸，而是凭着你的实力去唤醒他的记忆——几乎每一个作者都经历过黎明前的黑暗，都有怎么样都发不出去稿子的时候。遇到一个真诚而处于倒霉之中、又有才华的后辈，他们会乐意提携。当然，这个时候可以试着向一些刊物和比较大型的比赛投稿。有人问，能一稿多投吗？全国能发稿子的地方就那么多，得罪一家，你就永远少了一个机会，没必要去挑战编辑的底线。错开时间投稿，等待的时间刚好可以用来写新的稿子。每个作家几乎都有这样的阶段，囤了很多稿子，都在等待发表，像嗷嗷叫嚷的小鸟，还不能展翅飞翔。等过了这个阶段回头看时，你会羡慕自己能有这么美好的等待时光。当然，前提是你不能在等待中熄灭。

中篇

写作技巧

写作资源

写作风格

谋篇布局

故事情节

人物塑造

向蜘蛛学习写作

01

1 人生经验如何转化成写作资源？

有许多认识或不认识的人找到我，问我能否将他的故事写成小说，但细聊之后，我发现其实许多问题并非我能帮忙的，许多资源也不是我能够直接拿过来用的。毕竟生活就是生活，不能等同于小说，有太多的枝蔓，需要你自己去梳理。

我记得王小波曾写过一篇小文章，题目我忘记了，大意是说他有一个亲戚的小孩为了艺术创作，准备去某个地方体验生活，过过苦日子，这样的想法让孩子的父母非常焦心，于是请王小波帮忙做做工作。最后王小波怎么开导这个孩子的呢？他直接告诉小孩一个非常朴素的道理，那些真正处于大悲苦之中的人们，往往并非艺术家，而只是为艺术家提供素材的人。历史上大部分创作出反映大苦难作品的作家、音乐家、画家，并没有真正去体验苦难，艺术家之所以是艺术家，是因为他比别人更加敏感，更容易感同身受。王小波在那篇文章里面说了一句让我至今记忆犹新的话：“别人的痛苦才是你艺术的源泉；而你去受苦，只会成为别人的艺术源泉。”但千万不能将这句话当成真理或名人金句去理解，它只不过是一句俏皮话，只是它恰到好处地解释了为什么许多遭遇苦难的人，反而沉默了——也许是苦难太重，语言太乏力了。反而是那些保持了生活的敏感度、能吸纳别人的故事、能理解别人感受的艺术家，能走得更远。所以，没有必要为了创作去受苦，去过一种别人没有感受过的苦日子，更没必要将自己搞得又疯又傻。“为赋新词强说愁”，往往出不了好作品。

村上春树生活规律，笔下的主人公总是生活糜烂——这样的印象应该是片面的。应该说村上春树30岁以后生活才变得规律，那时他决定从事职业写作，也开始跑步。写作的人其实非常需要规律的生活，特别是写长篇小说的人，状态的稳定太重要了。但村上春树30岁以前，一直在混酒吧，如果我没记错，他自己也开过一家酒吧，做音乐，生活是非常不规律的。所以他的作品，有很多与酒吧相关，比如《且听风吟》《寻羊冒险记》《1973年的弹子球》《国境以南太阳以西》以及后来的《1Q84》，酒吧成为一个重要的场景，混酒吧也是主人公一种重要的生活方式，这跟他之前的生活经验有关。从村上春树的例子也可以看到，生活经验是如何转化为写作的资源的。作家自身的生活方式，会不自觉地转化为人物的生活方式，但优秀的作家不会将某种经验作为资源的全部，而会非常克制地运用这些生命经验。

每个人的生命经验总是有限的，所以一定要高效地将之注入自己的作品之中。高效，意味着你不但需要克制，不能滥用，同时需要进行生命经验的开掘，此乃所谓开源节流。

如何开掘？记日记当然是一个好习惯，但一般人做不到，宁可发微博发微信，也不写日记。两种有区别吗？当然有。微博和微信是对外的，而日记是内省的，日记更能记录一些触及灵魂的细节。比如你一般不会在微博上自曝尴尬的情景，但日记里面你是可以肆无忌惮地记录的。所以对于像我一样懒得记日记的人来说，隔一段时间，比如一年，给自己做一个小结还是非常有必要的。另外，也可以写一些回忆性的文章。我在30岁那年，就给自己建了一个文档，整理了一些回忆性的文字，并命名为《半生杂忆》。朋友们当时一听都吓一跳，以为我准备活到60岁就不活了。不是这个意思。如果《半生杂忆》是一本书，我30岁开始整理，大概也要到40岁才能整理补充完——能活到80岁，我基本满意了。我的意思是，通过这些追忆性的文字，人总能回到童年，获得一种童年的视角，也获得一种心灵的慰藉，同时唤醒一些被遗忘的边角记忆。在不断丰盈和激发的状态下，一些情景自然而然就会触类旁通，有一些经验就会获得更好的利用。所以余华说，小说家总是在自己的作品中再活一次。人在一次性的人生里艰难过日子，总是懵懵懂懂。只有当反刍的时候，大概才能对一些美好重新定义，也明白自己究竟是谁，究竟需要什么。

对生命的开掘，往往意味着一个作家要回到故乡。并不是说要真的到自己的故乡去，而是精神上还乡。当然，可能许多人会说经过这些年的变迁自己已经没有家乡了，但细细思量，你物质上的故乡可能消逝了，但精神上的故乡应该依旧存在。我的朋友林培源在一次演讲中曾经这么说道："我也尝试过要远离潮汕的这种经验，去写陌生的人跟故事。可是当我面对那样一种陌生的经验的时候，我发现自己的笔是无力的。只有写潮汕，只有回到潮汕，我的笔，我的文字，才能活过来。"我和他都是潮汕人，我们也都在书写自己的家乡，但这件事其实并没有想象中那么容易。它意味一个作家要勇敢地剖析自己以及身边曾经熟悉的人，意味着铁面无私，意味着需要从根上批判和反省，然后才有可能赞美。没有自我反省的赞美应该是空虚而轻浮的，只有穿过厚重云层的亮光才温暖人心。

除了对自身生命的开掘，对自己熟悉的领域进行更为深入的了解，往往也能让自己的作品更有辨识度。因为这一部分，就是你独有的经验。特别是特殊职业，比如医生、心理学专家，总有一些独有的资源。

最后能开掘的，就是网络上的新闻。但是，我总觉得利用新闻来作为写作资源是十分冒险的。余华后期的作品总能让我们看到一些热门的新闻事件的影子。这样的转化往往是艰难的，总要冒着失败的风险。它最大的风险就是经验的同一性："你知道的，跟我知道的一样，甚至新闻里面可能有更多的细节还能更打动人，那么，我凭什么要去阅读你的作品？"所以小说家应该提供一个与社会新闻完全不同的窗口，让读者能看到一些在社会新闻之中看不到的东西，如果完全被新闻事件所绑架，那么失败的概率是非常大的。因为那是新闻的角度，不是小说家的角度。什么是小说家的角度？同样是家庭悲剧，同样是偷情，但《安娜·卡列尼娜》这样一部小说，却为我们提供了另外一个视角，不是讽刺的，不是社会事件式的，而是对人类共同的悲剧充满悲悯的。这才应该是小说家的视角。

要高效地利用生命经验当然应该节制，但有一些作家的路数不同，因为他一生只经营好一部作品。有些作家会将自己的生命体验灌注在一部作品之中，比如路遥的《平凡的世界》。作为他成名作《人生》的放大版，《平凡的世界》吸纳了路遥大部分的生命体验，这样的转化是扎实有效的。但在阅读之中，你大概也可以感受到路遥的竭尽全力。我想，如果路遥还活着，大概也无法再写出超越《平凡的世界》的作品，就如陈忠实再也写不出第二部《白鹿原》，曹雪芹再也写不出第二部《红楼梦》一样。

那么，理解了经验转化之中“开源节流”原则之后，很多人还是十分迷惑。因为当他们在某一个时刻静下心来的时候，总会觉得自己人生中的某一段，或者某一些瞬间，是十分精彩的，但不知道怎么写。这就像一个人从野外拉回一头牛，但不知道如何将它变成可口的牛扒晚餐。

这个时候你首先要问自己：你真的需要一份牛扒吗？如果你确实想将之写成作品，那么就一定要学习“刀工”和“厨艺”，学会如何将这些原材料变成“美味的食物”。但如果你仅仅为了纪念，为了证明自己曾经存在过，我觉得你采用日记或照片配文字的形式将这些瞬间记录下来。也就是说，如果记忆是一头牛，有时候不要处理它，不要肢解它，只需要保存它的影像即可，那样它反而能够活生生。

如果这头牛，注定要成为食材，那就只好动刀了。第一步依然是整理，你要将你的事件梳理出来，一件事还是几件事，多少个令人难忘的细节，有多少个跟这件事有关的人物，他们是怎么样的……找一个本子将这些记录下来，力求完整真实，在这个基础上再进行虚构。

很多人说，我有很多故事，精彩而且刻骨铭心的故事，但是我说不出来。你再追问，他也说不清楚，他只留下故事很精彩的印象，但在经历这些事情的时候，他忽略了支撑事件最重要的细节。所以，你要将人生经验转化为写作资源，首先是要将之“作品化”，也就是你要能够概括一件事或几件事，提炼它，分辨出它跟其他故事的不同之处，也就是找到故事的辨识度在哪一些点上体现出来。

梳理这样的脉络是非常花费时间的，不可能一次性做完。可以利用一些图表进行协助，首先将时间线索列清楚。把时间、人物和地点这些基本的要素给确定出来，很多问题就迎刃而解。有人会说，你这不是小学生作文吗？不要小看小学生作文，那就是最基本的叙事性作品写作训练，这些最基础的东西，往往被许多人所忽略。

确定这些能够确定的东西之后，要在此基础上进行虚构，这就是另外一个庞大的工程，如果你对自己的虚构能力不够自信，可以请一些擅长虚构的朋友进行协助，将作品的大纲确定下来。完成了故事粘连的结构性建设，剩下的就好办了。

02

2 想写过去的生活为什么那么难?

描写自己经历过但时间久远的生活场景，或描写一段自己并未亲历的逝去岁月，当然会有诸多困难。这些困难包括回忆上的困难，比如事件模糊、时间弄不清楚等等。但模糊的记忆可以通过不同的亲历者之间的一些回忆相互印证而慢慢变得清晰。当然，这里面有一个立场问题，不同的人对待同一个事件，总会有不同的观点，甚至是相互矛盾的。有人会问，那么那些记忆中永远弄不清楚的事件怎么办。那只能说明那些事件还没有足够重要，还可以被遗忘。当然有另外一种情况，就是所经历的事情过于痛苦，记忆出现自主的排斥，自动删除了一些痛苦的记忆。那么也就只能通过虚构去还原了。

如果虚构的作品与现实签订的协议是“1=1”的，即是完全按照现实逻辑进行的，那么上述的困难和回忆的特点，在虚构的情景中依然适用。这种类型的写作——有一段不远不近的时空，有一个等待还原的故事——的所有困难，大约都等同于其他类型小说的困难，但在这里我想以我的亲身经历，提出一种特别的困难，我将之称为“状物的难度”。

有一年夏天，我在构思一个中篇小说，我想将我们家的一段历史写进去。我的外曾祖父在大约100年前便到泰国去经商——这样说好像很了不起，其实了解华侨历史的人大都知道，许多人都是迫于无奈才登上红头船去面对惊涛骇浪。外曾祖父将外曾祖母留在老家，到了泰国之后又娶了老婆。要注意的是当时一夫多妻并不违法，更别说还是两国分居。唯一纠葛不清的是感情。这段历史一直在我们家若隐若现地存在，比如我小时候就见过我外公拿着侨批去取钱。可以说，华侨的接济，让我们家度过了那段最为艰难的岁月，而不至于饿死。一年夏天，因为传闻高速公路要穿过我们那个村子，涉及祖坟的迁移，我母亲决定亲自到泰国去一趟。亲人重逢自是一番愉快的经历，此处略去两千字。这次泰国之旅触动了我，让我催生了写这个中篇小说的想法。更具体地说，是一种栏杆勾起了我书写的欲望。我发现在时过境迁之后，在很多老人都已经作古之后，建筑物保存了最诚实的记忆。下图的这种栏杆，我在老

家经常见到，以往觉得稀松平常，而在异国他乡重新见到，却让我生发出异样的感觉。我环视周围的其他房子，都没用这样的栏杆，唯独泰国亲戚家用了，与我们家的老房子遥相呼应。各种美好的想法在我内心中涌现，背井离乡、夫妻别离、深夜的眼泪、动人的家书，一代人的生死爱恨在我胸中涌动。但我回到家中的书桌旁，打开电脑准备书写的时候，却发现不知道如何称呼这种栏杆。

这真是一件揪心的事。我开始想直接用“旧栏杆”或者“绿色的栏杆”，但总觉得这样描述完全没有识别度。这样的栏杆应该是别致的，应该是与其他栏杆不一样的。首先它不是木栏杆，不是铁栏杆，不是石头栏杆，不是玻璃栏杆；其次它是有自己的形状，不同于其他栏杆。所有的文化都是因为考究，所有的野蛮都是因为随便。所以我决定求教于文化人，但问了一圈，身边的朋友竟然没有一个人能说出一个所以然。大家都说，这种栏杆我见过，但不知道它背后的故事。

这样一种“说不出”的困难，遍布于所有行将消逝的事物之中，比如炊烟和烟囱。现在我们要跟小孩讲“暧暧远人村，依依墟里烟”，讲“渡头余落日，墟里上孤烟”，他们便不再理解烟囱和炊烟，更别说理解炊烟之中蕴含的游子与家庭、饥饿与温饱之间十分微妙的感觉。另一个例子是屋顶。城市里都是楼房，新修的建筑屋顶都被天台所替代。也就是说，我们生活在一个没有屋顶的时代。可以预见在不久的未来，中国传统建筑之中的屋顶行将消失，那些优美的流线将被实用的钢筋混凝土方块所替代，屋顶的装饰功能大于它的实用功能。我们不用“淘尽门前土”，也已经“屋上无片瓦”，“瓦片”将成为一个非常古典的意象，我们只能偶然在文物古迹或佛堂寺庙之中看见。与此相关联的是一些名词将变得更为抽象，比如硬山顶、庑殿顶、悬山顶、歇山顶、卷棚顶、攒尖顶以及马头墙、镬耳墙等。他们的存在将纯粹为了满足建筑学考试的需要。

建筑物只是这些行将消失的事物之中比较显而易见的部分，还有更多的事物，更多无法名状的东西，正在从我们的生活之中被除名。比如语言习惯，比如某个流行一时的口头禅，都逐渐走出我们的视野。这也就逐渐给我们的写作造成难度，这种难度，我私自给它取了个名称，就叫“状物的难度”。这种难度的存在，意味着我们将对许多事物失语，我们不知道它们的名字，也不知道它们背后所富含的深情。这样的情况，也见诸各种古装剧之中，缺少对应的文化知识是这些影视剧造成笑料的根本原因。

让我们再将视线转回刚才那段栏杆。在各处询问无果的情况下，我突然想到，这样一种样式的栏杆，今天应该还会在小范围内使用。也就是说，它目前依然还是一种商品，只要是商品，也许万能的淘宝网能帮得上忙。于是我在淘宝上开始搜索各种陶瓷的栏杆。在各种风格中慢慢挑选，最终我知道了它准确的名字：绿釉宝瓶柱栏杆。我想了解更多这种栏杆样式的知识，但网络上搜寻不到，只大约知道是一种西欧的风格，大概是法式栏杆。但它起源何处，如何流传，跟华侨有什么关系？是否先传到了我们老家这边，然后我的外曾祖父因漂泊在外想念家乡，所以建房子的时候使用这样的栏杆？它有没有一个更为通俗的名称？这些都是空白，也都转嫁为写作的难度。但不管怎么说，我庆幸自己还是有一点小聪明，懂得去借助淘宝找到了这个名称。但如果是另外一种事物呢？比如我有一个作家朋友，她写小说的时候会涉及京剧的女角额头上通常会使用的五处贴花，那是一种装饰品，她不知道如何描述它。一个事物就卡在那里，成为过不去的坎。要等待很偶然的机会，遇到非常专业的人士，才能得到十分具体有效的解答。

看得见的事物终将因为时间而变得模糊不清；而看不见的情感、隐秘的念想，更会因为时空的阻隔而变得难以捉摸甚至消失无踪。当我们通过写作重新去勘探某个具体瞬间中人物的感受时，那些消逝的细节和名词必将一次次地困扰我们，而一个细节的不真实，往往会成为作品的硬伤，让万丈高楼轰然倒塌。我们所能做的，大概只能是认真考证，多做案头工作，同时灵活变通，用已知寻求未知。想想，这其实也是一件很好玩的事。

03

3 怎样把自己没经历过的事写得很真实?

把自己没有经历过的事情写得很真实的能力，就是一种虚构的能力。虚构的能力可以分解为多个方面：情景再现的能力，丰富、填补空白的能力……可以说，这些能力都是写作的基础，其实我们从中学作文开始就不断在训练这种能力，只是语文老师总是放不开，老是说要真人真事，要真情实感——哪来那么多的真人真事，大家都知道作文大部分都是编的。所以好的作家从学生时代就是撒谎的高手，他们知道如何将一件完全没有发生过的事情说得好像真的一样。

将没有亲历的事情还原出来，还涉及一个经验迁移的问题。举例来说，不是每一个人都有从悬崖上掉下来的经历，但大部分人都曾从高处跳下来过（至少试过从床上跳下来），或者在过山车、“蹦极”之类的玩乐中体会到失重的感觉，类似的经验是可以迁移的。再比如，并不是每个人都被狼咬过，但我们基本都有被夹伤或被割伤的疼痛体验，类似的痛感也是可以迁移的。但我们必然会面对一些经验的真空地带，那就要靠做案头工作、搜集资料来补充。据说土耳其作家奥尔罕·帕慕克走到哪儿都带着一个相机，不是因为他喜欢自拍，而是他希望能随时记录亲历的情景中的每一个细节。我记得我曾读过龙应台的一本书，书中描写一座城市被围困，城里人由于饥饿死掉大半，等城门打开的时候，里面的人并不是皮包骨头，而是白白胖胖，因为都水肿了。这样的细节给我很大的震撼。这是特殊的生活经验，需要我们做一些案头工作去积累。

虚构能力、写实能力，当然需要训练，而且非常需要训练。之前读过严歌苓的一篇演讲稿，叫《一个写稿佬的生涯》，里面提及她接受写作训练的情景，我认为对写作者应该有所启发：

我当时就感觉到他们的训练方式是非常科学的。上课时，我们的同学都是坐成一个圈，十二个同学，老师坐在中间，然后他就说，某某某，你出一个词儿。被点名的同学先出一个名词，然后老师叫第二个人说你接一个动词，接了一个动词以后他就说，用任何一个你想到的最最独特的一个动词来让这个名词动起来。这样一种训练就是首先是他告诉你什么能使文章变得非常有活力的、非常有动作的、非常往前走的，走得比较快的是动词而不是形容词。

比如说老师跟你说这里有个烟灰缸，我告诉你一个object，然后让所有同学就用这么一个东西，这么一个非常微小、微不足道的一个东西，当场构思出一个故事来。轮到你来构思的时候，如果你想不出来，老师会说“you see it，with your minds' eye”。就是用你脑子里的那双眼睛来看着这个东西，you know，what happened to it。

如果没有东西happen，老师就说let it happen，就让你脑子里的那个画面再往前走。所以这种训练也形成了我写作会有一种画面的感觉，如果我写不下去我就对自己说："See it，you know."老师老是教我们看着它，直到看见它，看见它的形状，do you smell anything？你闻到了吗，你嗅到了吗？调动的是你所有的感官，来把这个故事往下进行。

我觉得这种写小说的训练在美国是独一家的。为什么我现在写小说的画面感很强，我觉得这是跟我们学校的训练是很有很有关系的。写一个东西要有质感。这段文字你写出的一个场景，要有质感，最好还有触感，就是说有六种感觉都有，六种感官都有。这种职业训练对我后来的写作帮助很大，因为它还有第一人称写作、第二人称写作、书信式写作、嘲讽小说、各种各样的小说的体裁的训练。

老师说，我不能给你天才，但是如果你有天才的话，我至少可以让你在使用你的天才的时候要方便得多，容易得多，使你的所有的天赋能得到最大程度的挖掘。

这个演讲已经说得非常清楚，如果没有经过这样的训练，今天的严歌苓也就不是严歌苓了。画面感、质感、触感，都是需要经过训练的。以前给学生开讲座或上写作课，我曾出过一个题目，叫"一头紫色的猪在天上飞翔"，让学生展开想象去写，这些看似荒诞的训练，有利于学生掌握无中生有的技巧。卡夫卡在他十分著名的短篇《骑桶者》中描写了一个穷光蛋骑着飞桶去找煤老板赊煤的故事，那只桶是怎么飞上去的，卡夫卡只是一笔带过。他用一种理所当然的语气进行叙述："天空像一面银盾，挡住向它求救的人。"他在开篇这么凝练地描写了环境，然后便写道："作为煤桶骑士，我的手抓住桶把手这最简陋的辔具，很困难地转着下楼梯，到了底下，我的桶就升起来了，真是壮丽无比。趴在地上的骆驼，在主人的棍棒下战栗着站起来的样子，也没有如此壮观。它不慌不忙快步走过冰冻的巷子，我常被托到二楼那么高，从未降到大门那么低。”他比较准确地描述了飞翔的高度——“二楼那么高。”怕我们不相信，又加了一句——“从未降到大门那么低”。将下限确定了下来。所以这只桶的高度就这样固定了下来，没人再去怀疑它是如何飞起来的，也没有人去考虑它是如何被围裙扇飞的，荒诞情节的合理性就这样发生了。

每个作家都只有自己这个实体，可以通过眼耳鼻舌与世界进行交流，获得经验。但如何将自己作为一个鱼饵，去获取更多可以共通的经验和题材，这几乎是作家的一门必修课。我有个写小说的朋友叫王威廉，他写过一篇小说，主人公是一个没有指纹的人，这样一个人需要在指纹打卡的公司上班，这就出现了很多麻烦。几乎每个人都有指纹，在指纹技术广泛应用的今天，指纹会给我们带来便捷，但也带来了身份认同的问题。人的经验可以反推，以一个反方向的假设来构建故事，这就是《没有指纹的人》的高妙之处。

04

4 想象的情爱如何作为写作资源？

虽然离开了讲台好些年，但还是落下好为人师的毛病。有一回，在一个网络问答中，有人对我说："我从去年年底一直在写一篇小说，那时候刚失恋，我特别想把我们的故事写下来。我觉得我们的感情是刻骨铭心的，我也不敢说是爱情，因为我越写越怀疑，而且写下来以后我自己都觉得不喜欢，读起来跟我所经历的相差很远很远，文字也很苍白无力。那段时间，我一直处于一种痛苦之中，甚至可以说是一种愤怒，悲愤交集吧。好像有人说过'忘记一个人的最好办法就是把他写进小说里'。我想把他写到小说里，但是现在发现小说里的那两个人，好像不是我们。半年过去了，虽然现在想起来觉得心疼，但我好像已经没有继续写下去的勇气和毅力了，回忆里的一切也变得很不真实……越说越乱，我都不知道自己要问的是什么了。"

我想，这位朋友要问的应该是："为何刻骨铭心的爱情写下来却很苍白无力？到底是什么导致了这样的情况？"

但其实，他思考的是写作和情绪之间的关系，而这是一个很大的论题，我们可能无法十分详尽地进行剖析，因为说实话，到目前为止，这个问题中的很多小问题我自己也想不清楚。但你所描述的情况，我想我是可以帮你梳理清楚的。这样的情景我们其实都不陌生，特别是那些以前曾经有过写日记经历的朋友，他们应该能够更深刻地体会你的感受。

我们小时候写日记，很多时候是处于悲伤、愤怒、狂热、急切之类的情感之中，我们握紧手中的笔，总想将整个过程都记录下来。但是你很快会发现，生活中的大多数悲哀都是由琐碎得不值一提的瓦砾拼凑而成，这些悲哀是块状的，干冷的，它充塞心隙，让你无法动弹。而一旦你想将之记录下来，这种情绪，以及这些情绪背后的网状的琐屑却会让你不知道从哪里说起，也不知道从哪里动笔。所以连鲁迅都会说："当我沉默着的时候，我觉得充实；我将开口，同时感到空虚。"一旦动笔，你就会发现笔下空空的，那些觉得很要命的东西，往往是无法描述的，或者描述起来十分啰唆，结果越写越严肃，最后还可能写得很有中心思想，很有生活哲理，很有教训人的味道。这是十分糟糕的体验。而基本每个人还会有另一种体验，就是我们写下的日记，我们写下的激情澎湃、哭爹喊娘的文章，等若干时间，比如几个月，几年之后，我们重新去阅读，就会发现它的格格不入，就会发现很多东西跟记忆中好像不一样，日记中对某一件事情的理解，在某一个情景中的做法，有时候还会让我们脸红。也就是，我们本来是希望描述悲伤的瓦砾，但瓦砾在你想描述它的瞬间就变成指间沙，漏掉飞走，成为天边的烟云。我们将瓦砾的悲哀描述成云朵，却裹不住悲哀的本质。它痛，你就觉得它很要紧，所以叫喊。而其实，真正的悲伤不是泪水，也没有语言。

如果这种炽热的情感是因为爱情而被激发的，那么激烈程度又将加倍。而这个时候，业余的写作爱好者就像不会游泳的人撑着一叶扁舟在情绪的惊涛骇浪之中飘摇，不翻船都算万幸，即使能成功抵达彼岸，也必定十分狼狈，姿势不会优雅。更多的人会在这个过程中走向自我剖析，希望用一种更高的理性来找出情感失意的因由，这也就是为什么失恋的人都容易变成诗人和哲学家，因为他们变得爱抒情，爱说些看似十分有哲理的话。而大部分人会在这种心理剖析和细节梳理中突然明白了一些事，或者以为明白了真相（可能也不是真正的最终答案），然后做出一副大彻大悟的样子，由此走向比较理性的情感释放。而另外一些人，则是会迷失在故事里。这个故事越讲越不像自己所经历的故事，作者会在故事里投放自己的想象，将现实中没有发生的事情在故事里完善，将现实中留下的遗憾在故事中补全，这是一种意淫式的情感宣泄，写完了有时候会大哭一场，但同样能将能量释放出来。所以这位朋友说“忘记一个人的最好办法就是把他写进小说里”，在多数情况下是成立的，因为写故事的人在故事里得到了最好的宣泄，让失衡的情感天平重新获得调整。

但是这样任由情绪操纵的写作留下来的作品，大部分是失败之作。因为在这种情况下，并非情绪为故事服务，而是故事为情绪服务。也就是说，并不是为了写好一个小说而去酝酿一种情绪，而是以情绪为中心去构建故事，故事成为了附庸。

好了，那么如何去解决这种情况？海明威提倡在最流畅的地方停笔，鲁迅说不要硬写，其实这样的观点，用来解决这个问题同样有效。无论是热恋的甜蜜，还是失恋的痛苦，在感情最为炽热的时候，你当然可以选择记录，但建议采用日记或如实描述的文字来记录，而不是讲述一个有作品感的故事。这样既是满足宣泄的需要，也是为日后留下一些可供唤醒记忆的资料。我可以毫不留情地告诉你，几乎每个失恋的人都会认为在他身上发生的故事是独一无二的，在他心里产生的情感是惊天动地的，但其实太阳底下真的很难有新鲜事，我们不过在不同的情景下重复我们祖祖辈辈发生过的故事罢了。所以你要在清醒梳理自己的情感故事的同时，学会去判断这个故事成为作品的可能性：它真的很感人？它真的对其他人也有价值？它真的独一无二不可取代吗？你个人的痛苦跟别人是没有关系的，而唯有心灵能点燃心灵，你如果相信自己的故事有感染别人的独特之处，那么记录下来吧。终有一天你会动笔去完成它，即使没有完成，那么也可以将之提供给能将它写出来的人（比如我）去帮你完成。而你如果立志要成为一个作家，那么就更应该这么做：在情感炽热的时候，记录它所有的细节，然后去旅游，去做其他的事情。我年轻时候也失恋过，背着背包就走了，每到一座陌生的城市，就给对方写一封信，贴上邮票寄出去。但我犯了一个错误，就是写信都没有留底稿，所以等于所有的资料都没有记录。如今想想，恨不得回到十年前；不过再重新回去，我也不会留底稿。正所谓“此情可待成追忆，只是当时已惘然”。

情感的渗透还能让故事中的人物变得可以理解。金庸的武侠小说《天龙八部》有一个令人印象深刻的组合“四大恶人”：“恶贯满盈”段延庆、“无恶不作”叶二娘、“凶神恶煞”南海鳄神、“穷凶极恶”云中鹤。其中老大段延庆后来成为主人公段誉的生身父亲，背后有情变之后的“戴绿帽”事件，所以，段延庆的恶是有来源的。老二叶二娘是主人公虚竹的娘，跟少林方丈也有一段情事，所以，她的恶也是有缘由的。老三南海鳄神被段誉收为徒弟，最终为了救段誉被害，也是可以被宽恕的。只有老四“穷凶极恶”云中鹤这个淫贼，一直没有被饶恕，金庸也没有拓展他的情感故事。他的恶来自性欲，没有情感依托，只要有点姿色的女人他都想染指，这种恶显得直接而不需要解释。

云中鹤为什么这么坏？后来有人留意到，金庸的表哥徐志摩，笔名就叫“云中鹤”。有人推测是金庸对徐志摩的滥情不太认同，毕竟是同个家族嘛。但是，徐志摩飞机失事去世时，金庸才七岁，按理两人之间应该没有任何过节，金庸后来在一次访谈中也说：“平时因年纪相差太远，我只和他的儿子做朋友。”而且金庸自己也结过四次婚，对于婚恋男女之事应该看得清，可见上述臆测可能不太准确。但金庸小说人物中的众多表哥，确实多数是坏人。坏人一般活得久，好人才死得早，如果按这个规律，徐志摩又一次给我们意外：他在34岁时因飞机失事去世了。

我最早写诗歌，其实是当成日记在写的。我非常感谢诗歌这样一种艺术形式，不是我写了诗歌，而是诗歌帮助了我的精神成长。甚至可以说，诗歌让我变得健康。这么说好像诗歌成了某种排泄物，但确实有那么一段时间，诗歌让我直接面对人生的两个最重要的命题：死与爱。因为思考死亡，人就会变得豁达和真诚，人是必然要死的，机关算尽也不过大地茫茫，何必活得那么猥琐。而对于爱情的书写和记录，会让人变得善良。爱让人脆弱，让人痛苦，也让人和人之间多了一种万有引力。可以爱，心存善念，人才能完成性格的自我塑造。能诞生美丽诗歌的心灵，应该是这人世间的珍宝；无论裹在外面的皮囊如何浊臭不堪，诗之心都可以不管不顾，直面人世。不过话说回来，如果我在这个世界上没有什么建树，大概也只能怪我当年写了太多没什么用的诗歌。

很多人年轻时写过诗歌，多数也是爱情诗歌。刚刚经历爱情时情绪很容易到顶峰，爱情天生就是诗歌最好的动力。因为它不但提供了波涛汹涌的情绪动力，还提供了一个理想的倾诉对象，一个日夜思慕的人。合二而一，关于爱情的诗歌也就成了最动人的风景。还有一个原因，就是诗歌会因为爱情而美丽，而显得格外珍贵。即使没有人认可这些诗歌，觉得没有价值，可能写诗的人也会觉得这是珍宝，因为它记录了自己的爱情。

每一个诗人，每一个作家，其实都是一个驾驭情感的高手，他能够在故事之中唤醒沉睡的记忆和情绪，他能够将一种情绪十分有效地储存许多年月，他能记住童年的每一道伤痕，他能回忆起与恋人相处的若干情景。比如杜拉斯，写《情人》的时候，往事已经很遥远了，但因为她的纯粹，因为她的绝望，她唤醒了一段刻骨铭心的情感。“身处一个洞穴之中，身处一个洞穴之底，身处几乎完全的孤独之中，这时，你会发现写作会拯救你。”“尽管绝望还要写作。啊，不，是带着绝望的心情写作。那是怎样的绝望呀，我说不出它的名字。”这是晚年的杜拉斯对自己一生的总结，也是她对这个世界的独特诠释。一种绝对面对自己的态度，让她的文字带着一种说不出的情绪。也是这样一种情绪，在那一句“我已经老了”的开头之后，滔滔不绝地流淌出来。这样一个老人，在“老了”的时候，依然能够将人生中最重要也最深沉的情感还原得如此真切，不能不说是一个奇迹。所以，要像杜拉斯那样书写，写出人世间的爱恨，写出法国少女与中国少爷之间的缠绵。不用着急，如果你的故事有足够的能量和魅力，它注定应该传世，那么终有一天，上帝终会让它在你或另外一个人的笔下流淌出来。

中国诗人的创作寿命都比较短，大概是因新诗才诞生100多年吧；国外许多诗人，他们到老还能激情四射。我佩服那些老诗人，他们在中年乃至老年时仍然能保持着对爱的感觉。但当爱情这个驱动力因为年龄和阅历的增加而消失时，你还会继续写诗吗？你会写什么？什么能为诗人提供恒久的动力源泉？如果非得给出一个答案，我以为，这个世界上，有四种东西能让人心地澄净，诗意盎然，充满了表达的欲望，那就是：上帝、美、智慧以及大自然。只有跟这些打交道，才会成就一个诗人。而跟人打交道，那可能只会成就小说家。在这里，我更愿意把女人归入“美”的范围，因为对一个男人（或者女诗人，反过来一样）来说，女人通常就是一个陌生的世界，她会散发出一种陌生的美。在弗洛伊德那里，这就是潜意识的性美。但我们更愿意将它理解为对另一个世界的赞美。《红与黑》中的于连想抓住德瑞拉夫人的手时必须调动全身的勇气。因为对他而言，站在他对面的女人就是一个陌生的世界。如果能够用智慧去写诗，那该会写出什么样的诗歌啊。我们写诗，通常是用情绪。但如果有能力讲出人生的发现，发现一种关系，那是一件美妙的事。

一个写作的人，情感经历对他的创作会有巨大的影响。还是想起徐志摩，他死后，蔡元培为他写了一副挽联：“谈话是诗，举动是诗，毕生行径都是诗，诗的意味渗透了，随遇自有乐土；乘船可死，驱车可死，斗室生卧也可死，死于飞机偶然者，不必视为畏途。”对联概括得很好。他死得早，不然我相信他后来的人生也会充满惊喜。对于很多小说家来说，重要作品都是在经过中年的焦灼之后才产生。但诗人不同，诗歌更考验瞬间迸发的能量和热情。许多诗人再也写不出好诗，是因为他身上的能量已经被消耗枯竭。对于一个诗人来说，能量的疲软才是最大的侮辱，与其如此，还不如瞬间的灿烂。徐志摩真是生命不息，折腾不止。1922年他在柏林跟第一任妻子张幼仪离婚，还发了一则《离婚通告》，造就了中国近代史上第一例离婚案。他写道：“我将于茫茫人海中访我惟一灵魂之伴侣，得之，我幸；不得，我命，如此而已。”除此之外，他还写了一首诗《笑解烦恼结》送给张幼仪：“这烦恼结，是谁家扭得水尖儿难透？这千缕万缕烦恼结是谁家忍心机织？”我们已经无法还原当年的真实情景，也无法理解这个叫张幼仪的女人经历这样的事情之后会陷入怎样的痛苦之中。那他的灵魂伴侣在哪呢？徐志摩于1926年5月写了《偶然》：“我是天空里的一片云，偶尔投影在你的波心——”这首诗有人说是送给林徽因的，有人说是写给陆小曼的，但无论是送给谁的，徐志摩这个情场浪子调动了他所有的生命能量，正在用力地爱着。即使他的所谓“灵魂伴侣”可能只是一个美丽的想象。这世上大概只有激情的火花和长久的陪伴，而两者兼得的“灵魂伴侣”太遥不可及了。因为人本身就非常复杂，即使在当时那样一个可以开始讨论离婚的现代文化环境里，男人还是可以毫无顾忌表露其动物性的。比如徐志摩在写给陆小曼的信里，就直接交代了他出去寻欢作乐的事，还在信里坑了胡适：“晚上，□□等在春华楼为胡适之饯行。请了三四个姑娘来，饭后被拉到胡同。对不住，好太太！我本想不去，但□□说有他不妨事。□□病后性欲大强，他在老相好鹣鹣外又和一个红弟老七发生了关系。昨晚见了，肉感颇富。她和老三是一个班子，两雌争□□，醋气勃勃，甚为好看。”我们可以从“肉感颇富”四个字里看到一双色眯眯的眼睛，如果看过这样的眼神，我不知道现在的人们还会不会非得将“甚至不求你爱我，只求在我最美的年华里，遇到你”这样的句子放在徐志摩身上，说是他写的不可。也许如王小波所说：“一个人拥有此生此世是不够的，他还应该拥有一个诗意的世界。”情与欲作为一个诗人想象世界里的两面，但诗人往往忘记了，这个世界还有俗世的一面，在那里可能没有爱情，但可以过日子。

若论世俗，情爱之事就离不开性。都说“食色，性也”，对于人类来说，除了吃饭，性大概就是一个最为常见的问题了。性爱和吃饭一样，都能让人感到愉悦，都是大家喜欢做的事情，都属于人的基本欲望，需要人们付出不懈努力去满足；但性爱又和吃饭不一样，吃饭在今天已经不单单是填饱肚子，还被赋予了一种社交功能，和他人一起用餐，被视为雅事，但性爱具有私密性，不但不会在公众场合进行，甚至在别人面前谈及总会被视为粗鄙。

都是人的欲望，为什么可以跟别人一起吃饭，却羞于与别人一起谈性？大概是因为自古到今，性都是比食物更为稀缺的资源，我们稍微努力一下大概都能获得食物，但是要获得性，则必须付出更多的代价。而且吃饭可以独立完成，但性爱必须分享人的身体。人的身体本来就具有私密性，这决定了分享性爱比之分享食物级别更高。

正因为如此，性爱一直都有神秘感，它是本能，它美好，它能带来快乐，它神秘——我讲的是它本来的样子，而在网络时代的今天，性其实也不是什么稀奇的事情。如今，它被充分展现，关于性的经验通过网络上的文字、图片和视频被充分分享。这为写作制造了难度，让作者笔下的性描写变得十分苍白。换句话说，就那么点事儿，大伙都知道了，你故事里头还写个没完就显得很没劲。写来写去也无非是那么几个动词，那么几个声音，这也是我们必须佩服某些作者的原因。他们的性爱小说简直就是在沙漠里开出花朵来，在如此简单重复的动作中，要挖掘出新意和味道，是何等艰难。

但幸好，人终究不是动物，或者说人总是在和自身的动物性做斗争。在性爱的基础上，发展起了爱情和婚姻，孤零零的肉欲至此有了一张网，向内通往内心深处的情感，向外通往错综复杂的社会关系和利益纠葛。

如果以上的表述还过于含混，我们不妨再换种说法：动物层面的性爱，目的十分单一，不外乎追求快感和繁衍后代；而人类逐渐为这样一件事加入了各种意义，比如感情，比如婚姻家庭，比如权力关系。

单就爱情和婚姻而言，延伸出来的关系就够复杂的。上帝造人虽然分了男女，但大概也没打算为每个女人都精心制造一个唯一适合她的男人。灰姑娘有运气，只是灰姑娘的运气而已。童话故事的结尾都是“王子和公主就这样幸福地生活在一起”，然后呢？童话的作者就不敢再往下面写了，因为婚姻是爱情的坟墓，再写就是地狱里的事了。王子凭什么都会遇到公主？凭什么就没有七年之痒？完美主义者都避而不谈。其实大家都心如明镜，都明白婚姻的本质是财产的联合和分配（离婚时就表现得更彻底），是为了拥有更好的物质生活而采取的权宜之计，它以维系家庭、社会的稳定为目的。爱情是一种情感体验，它以获得心灵的占有和分享为目的，“心上人”必须纯粹和非功利，必须以确立绝对的情感信仰为前提。而性爱是一种欲望，以追求新鲜和刺激为目的，人的动物性要求女人更重视性爱的质量以保证配偶的健康和后代的优质，男人被原始基因赋予通过配偶数量来增加后代成活概率的本能。然而，真实的情况是这个世界的游戏规则并不是将三者分开玩的，而是将婚姻的物质性、爱情的排他性、性欲的刺激性都放在一起捆绑销售，这成为一切婚姻感情悲剧的根源。

我们通过感官来确认自己的存在，痛苦与快乐都由身体来兜着。而唯有“性”成为一个缺口，连接了外部世界与自我，成为自我接纳和反抗世界的一个途径，似乎也是唯一的途径。所以外部世界的扭曲和压迫会表现在“性”上面，而反抗这种扭曲和压迫，也通常会通过“性”来实现。就比如王小波的《黄金时代》中，王二正处于人生的黄金时代：“我过二十一岁生日那天，正在河边放牛。下午我躺在草地上睡着了。我睡去时，身上盖了几片芭蕉叶子，醒来时身上已经一无所有（叶子可能被牛吃了）。亚热带旱季的阳光把我晒得浑身赤红，痛痒难当，我的小和尚直翘翘地指向天空，尺寸空前。”后来王二要和陈清扬“搞破鞋”，提出要“研究一下她的结构”，但陈清扬却十分冷淡：“我看见陈清扬慢慢走近，怦然心动，无师自通地想到，做那事之前应该亲热一番。陈清扬对此的反应是冷冰冰的。她的嘴唇冷冰冰，对爱抚也毫无反应。等到我毛手毛脚给她解扣子时，她把我推开，自己把衣服一件件脱下来，叠好放在一边，自己直挺挺躺在草地上。”在这里，性爱并不是热烈的，而是透过脱衣服和叠衣服的动作表现出一种机械感。这种机械感就来自外部世界，它传递到性爱上面，就被化开了。另一个例子是《白鹿原》中的白孝文，作为族长的继承人他承受来自外部的巨大压力，以至于将自己性功能都压制没了，而受了惩罚，豁出去以后，压力顿消，开始从禁欲步入纵欲，性能量被完全释放。

写到这里，大概可以回答为什么在作家笔下，性这个敏感的话题总会被处理成各种特殊的形态，被赋予某些寓意。如果单纯为写性而写性，就会流于庸俗。换言之，好的性描写，总是能融入整个故事之中，成为故事密不可分的一部分，成为一个重要的零件，不可拆卸。它能够让人从性爱中看到更复杂的情感或关系，从而发现世界的某种真相。而糟糕的性描写，甚至连吸引眼球的功能都谈不上，它着力于感官刺激，毫无新意，毫无创造力。也就是说，要把握一个分寸：你所细致描绘的细节是为灵魂服务，还是为感官服务？如果是前者，那多少都不算多；如果是后者，那么一句都嫌啰唆。当然，很多情况是灵魂和感官是分不开的。

至于该如何描写，要直露还是要含蓄，要什么样的尺度，这些似乎都取决于具体的情节、人物的视角以及你自身的文字风格。而相同的，则是对待性爱的一种坦荡。猥琐之人永远写不出坦荡的文字，如果对性爱之事看不破，写出来无非是在阴暗潮湿的房间里打转而已，哪来什么情爱之美。

在马尔克斯的《霍乱时期的爱情》中，真正的爱情不但超越了婚姻和性，甚至应该超越死亡。阿里萨内心最强烈的念头是要活得比医生老，他远离楼梯，生怕翻一次身就将自己和这个世界维持联系的发丝扯断。这种小心翼翼的背后不是对死亡的恐惧，而是对不能实现爱情完整性的恐惧："死亡让我感到的唯一痛苦，便是不能为爱而死。"正是因为爱情，什么时候死变得如此重要。

情爱之事，人伦之常，它是动力源泉，也是平衡装置，只有超越了利害的心境中可以产生爱情。但我们超越得了吗？更多的人超越不了。郁达夫在致王映霞的信中这么看待爱情："真正的爱，是不容有利害的打算存在于其间的。所以我觉得这一次我对你感到的，的确是很纯正、很热烈的爱情。这一种爱情的保持，是要日日见面，日日谈心，才可以使它长成，使它洁化，使它长存于天地之间。"看完这样的表述你是相信时间阻隔中有另一种真爱的形式，还是相信这样"日日见面，日日谈心"的爱情只是一种虚构或者是善意的愿望？是的，更多的人会选择相信爱情只是瞬间发生的事情，每个人仅仅在某个瞬间，感觉自己依然爱着，而不再相信爱情可以是一种持续的一以贯之的情感。义无反顾的爱情终究会在现实的消磨中变得稳重而且符合常理，盲目的美丽也逐渐不再存在。岁月让持续的狂热成为记忆，于是，我们会说，瞬间即是永恒。

05 5 如何防止出现才思枯竭的情况？

才思枯竭几乎是每个作家都必须面对的问题。一个人的创造力是有寿命的，这一点应该被正确地看待。无法看到这一点的人，大概是那些一直都未曾拥有过创造力的人，他永远都不知道什么是真正的创造，什么才是真正的才华，所以也就无所谓枯竭。

所以，才华就像是电池，有寿命，总有一天会枯竭的。如果不然，海明威就没必要用猎枪对准自己的喉咙嘭的一声干掉自己。好作家忍受不了自己的平庸，他常常会对自己的平庸感到愤怒和羞耻。才华消退除了与年龄这种默认的使用期限有关之外，还与使用才华的习惯，以及对才华进行自我管理的能力有关。我们经常可以看到外国很多作家到了晚年还能写出非常漂亮的小说，而中国作家创作生命普遍比较短，都集中在青壮年，这大概跟体质结构有关。大体上如果一个作家的写作比较依赖荷尔蒙，那么他就应该珍惜荷尔蒙旺盛的日子；如果一个作家是比较偏向于理性思考的，那么只要老年不出现结构性的知识坍塌，创作寿命应该会比较长。

最重要还是“才华的自我管理”。这是我模仿“情绪的自我管理”而生造出来的说法。一个人的才华的量，就像是电池电量，每个人都各不相同，你要避免才思枯竭，你要让自己的艺术生命比较长，你要一直写下去，一直能创作出好作品，那么一定要懂得一些才华的自我管理原则。下面我根据自己的亲身体验，列出一些原则，欢迎大家补充：

第一，用心智保护才华。

这一点什么意思？大部分人的才华消失，不是因为年龄，而是做了一些不应该做的事情。一个人要写作，首先一定要想办法去了解自己到底有没有写作的才华。如果你是一个有写作才华的人，或者你会画画，你懂音乐，一定要珍惜和发展这种才华，不要听任其消失。搁置不用的才华会消失，才华没有了土壤也会消失。举个例子，一个非常有音乐天赋的年轻人，如果你天天让他去挖煤，他就只会挖煤，永远不会有音乐从他脑袋里跑出来，即使有，他也会将之当成噪音，久而久之他的天赋就会消失。同理，我有一些朋友文字功底很好，但都被领导抽调去写报告，写公文材料，另一些自己找了记者的工作，每天写字都写得快吐了，他们不止一次跟我说，看到文字就恶心，不可能再动笔去创作了。所以，你真的要想清楚，你要的是什么，如果你注定是画家，就应该拒绝那些让你拿起画笔的低劣理由，每一笔画都应该是不可替代的。记住，所有的艺术创造存在的原因，都是因为它是不可替代的。艺术创造如果可以被替换，那么就毫无价值。当然，如果你认为自己才华有限，想用有限的才华置换必需的酒肉，那么谁都无法阻拦你。说实话，我也常常面临类似的两难困境，在不太伤害才华的情况下，也只能选择偶尔写一些自己不喜欢写的文字。

第二，保持一颗童心。

这个原则一点都不容易，当我们以为自己很有童心的时候，一切就已经变得虚幻了。也就是说，真有童心的人，他并不会觉得自己很有童心。童心就是一种持续的另类的发现，一种天然的敏感，一种不受制约的想象，一种完全依靠直觉的单纯。童心的保持是有代价的，你无法想象一个四五十岁的人依然保持着童心而又能将之融合为性格的一部分。你要保持敏感，你要不麻木，你要怜悯，也就意味着你此生将受到更多的伤害。只有结出老茧的皮肤才经得住风霜，孩子娇嫩的皮肤是经一点点风霜都要皴裂的。一个成年人是不能随便喊痛的，这会显得他不够矜持。所以，一颗完全的童心也容易让人变成疯子，或者成为一个善于装正经的伪装大师。在生活中，我见到的大部分人都是伪装大师，他们明明并不喜欢你，也会装作一副热情洋溢的样子，你永远无法预料他什么时候会在背后给你来一刀。这样的伪装大师是要不得的，也不是我想说的这一种。我的意思是，在一些应该装正经的场合，你就勇敢去装正经，但尽量能在生活中保持自己的另一面。在另一个圈子里，在跟家人或可以信赖的人相处时，尽量地打开自己，别在心灵设置防线。不设防的心灵能让你活得更好，更加真诚。真诚是一切艺术的基础。没有真诚，就没有艺术，虽然所有的艺术都不可避免地要非常真诚地欺骗别人的眼睛和耳朵。总之，你若拥有孩子白纸一般的性情，就能画出最瑰丽的画卷。

第三，恰当的年龄写恰当的东西，不要害怕幼稚。

有人经常会怀疑自己，现在写出来的东西会不会过于幼稚。其实不必怀疑，如果你在一个幼稚的年龄不写出幼稚的作品，难道是希望在成熟的年龄才写出幼稚的作品吗？一个时代有一个时代的文学，一个年龄段也有一个年龄段的文字。就比如我自己，30岁的时候，我就再也写不出20岁的时候的文字。我不会写，也不愿意写。有些话你现在不说出来，未来就永远说不出来。有些人说，我现在先不写，等我老了再写，这很多时候是在自己骗自己。有些人说，我先写点能赚钱的东西，等我赚到钱我再来写自己愿意写的东西。但若这样，你是真的回不来了，很多感觉走了就不会回来，很多东西错过就不能重来。你今天不记录这个细节，这个细节就永远地消失了。这是每个人必须面临的永恒的悲剧。鲁迅也说过，我对于自己的“少作”，愧则有之，悔却从来没有过。不悔“少作”，会让自己更加勇敢。成长的唯一秘诀是保持成长。

第四，用心记录，不断整理过去走过的痕迹。

这一点比较容易理解。罗曼·罗兰说过一段非常有名的话：“大部分人在二三十岁上就死去了，因为过了这个年龄，他们只是自己的影子，此后的余生则是在模仿自己中度过，日复一日，更机械，更装腔作势地重复他们在有生之年的所作所为，所思所想，所爱所恨。”30岁之前的生活应该是一个人这辈子最为重要的经历，很多作家的创作其实都是围绕着自己的人生前30年而展开的。好玩的是，很多作家都会在40岁左右开始回忆自己的童年，比如鲁迅、胡适等都在这个年龄“朝花夕拾”，他们借助文字一次次地回到童年，而获取一种十分珍贵的童年视角，激活一些之前并不十分显眼的记忆痕迹。

我有个小说写得非常好的朋友，叫朱山坡，他写了一本书叫《蛋镇电影院》，题材来源于青少年时候看电影的经历。我去过他小说中的“蛋镇”，那是广西一个非常平常的小镇，他小说中那个有名的电影院就在一个不起眼的路口，旁边是卖烧鹅和炒粉的小店。但那里承载了他的记忆，他还能清楚地记得什么地方有一条河，他故事中的人物是如何从河那边过来的。

个人的记忆是一个宝库，特别是与童年有关的记忆，将这些记忆整理和放大，让它成为故事的场景和原型，这是每一个作家毕生都在做的事。

第五，开拓新的写作资源。

开拓新的写作资源，包括两种形式，一种是全新的开发，一种是同类的转化。很多作家会写自己的故事，但自己的经历无论如何丰富，总会有枯竭的一天，那么自身的经验枯竭之时，也就是他写作生涯的决定性转折点。比如余华，从《兄弟》之后，可以明显看到他之前的生命经验已经被写尽，他开始尝试从社会新闻之中获取新的写作资源。但余华是个失败的例子，从《兄弟》到《第七天》，他的经验转化十分简单粗暴，《第七天》的风格无法与他之前温润的文字风格相融。而到了《文城》，那个擅长用最简单的语言讲故事的余华，又回来了。

对于写作资源，可以去当下的社会事件中挖掘，也可以去历史事件中发现。比如作家邓一光在他的长篇小说《人，或所有的士兵》中，便将目光投向比广东更南的香港，以堪称洁癖的考据方式进入战争年代的历史。加缪曾在手记里写道："大家都会问战争在何处——那种惨不忍睹的场面在哪里？然后意识到自己其实知道答案，战争就在我们心里。"对于邓一光而言，战争大概无时无刻不在他的内心深处发生着，战火纷飞中，他笔下流淌出来的是有硬度的文字，他在飞掠而过的时代之中描出历史的重量。当然还可以借助一些不是太符合历史的传奇故事，比如王小波就借力于唐代传奇故事，写了一批小说。此外还可通过逆向思维，以及虚构历史，或者称为反历史，向想象力借力，比如苏童的《我的帝王生涯》这样神采飞扬的作品，你阅读的时候总会有一丝恍惚，觉得这样的作家好像活了好几辈子，他的经验是没有边界的。

除了历史，还有地域，所谓靠山吃山靠水吃水，就地取材写自己熟悉的事物无疑是最佳之选。比如海南的作家林森，他生活在海岛上，听了很多跟海洋相关的故事，所以便动笔写了《海里岸上》《岛》等一批与大海有关的故事，也获得读者的认可。

总之，在必然枯竭的才华逝去之前，有才华的人应该以气养才，以志护才，以新经验续才。在这样浮躁的环境之中，从事艺术创造的人是卑微的。你无法用你的能力去换取权力和金钱，你就是“无用”的。“无用之用，方为大用”只是一个传说，各种利益的诱惑和现实的胁迫在扼杀才华，你很难不变得圆滑世故。只能用里尔克的话来总结了：哪有什么胜利可言，挺住就是一切。

06

6 文笔究竟是什么？

好为人师是个老毛病，那阵子我经常在网上跟网友互动，探讨一些写作的基本问题。于是有网友诉苦："我平时也喜欢看书，喜欢很多作家，看到好的句子也会摘抄下来。我很想自己也能写文章，但每次写出来都不满意，感觉文笔太差了。我该如何提高文笔呢？"还有些读者向我抱怨："陈老师，看了你谈写作的文章好像懂了一些，但为什么没有功力大增的感觉？"需要明白的是，仅仅读些文章，等于岸上学游泳，不下水是永远学不会的。

就比如现在讨论的这个问题："怎样才能拥有好文笔？"这其实是个伪命题，相信谁也无法通过一篇文章就获得好文笔，但是我们却可以弄清楚什么是文笔，以及影响文笔的关键因素，从而找到提高文字水平的路径。

说实话，看到"文笔"这个词，我呆了一下。这词我们平时用得挺多，都说这人"文笔不错"，那人"文采很好"。但你要问什么是文笔，我还真讲不出来。要说文笔就是文采，似乎也不够。一般我们会夸中学生作文写得很有文采，而夸一个人“文笔不错”，应该是比夸其文采要高一个层次的。

在网上搜一下“文笔”，网上这么说：“指写作的技巧，文章的风格，文笔流畅。”这个答案显然无法使我们满意——不说写作技巧太笼统，文章风格也不是这么回事啊。再接着往下搜，就会发现网上有很多人跟你一样希望提高文笔，想有好文笔。这个问题十分吊诡——我们又如何能拥有一种我们自己都说不清楚的能力呢？果然不出所料，相关回答五花八门，全都无关宏旨。比如有人以大师的口气回答：“好的文章或小说不是一天两天能够练成的……我个人认为在以下几点：多看，多想，多写，多改。”这八字金诀我们见得多了。这种说法就好比有人想学“六脉神剑”，但连啥是“六脉神剑”都搞不清楚，而大师说，你要多多练习，多看人家手指如何用力；又比如有人生病了，你就说多喝水多休息。这样的观点永远是废话，因为它接近真理，很正确，但没有疗效。还有一个回答说：“只需要多阅读一些描写细腻、词藻华丽的句子，再模仿着写写夕阳、春风等，再描写一些电影细节来练笔，多参考郭敬明、余秋雨的书，很容易就可以做到。”这第二个观点，看起来比较具休，但也让人哑然失笑。是的，让文字写出来更有文采，是需要多做摘抄。中学语文老师就经常告诉我们，要备一个摘抄本，多摘一些好词好句。说实话，我中学阶段也是这么做的，经常会将我感兴趣的作家作品中比较有感觉的句子摘抄下来，这些句子有时候还被我“灵活”地用进了作文里头，专供语文老师表扬自己。这样的积累非常重要。你想要写出漂亮的书法，就必须多临帖，这是毫无疑问的。文字功底的积累永远是这样：只有觉得美女帅哥不错，你也想往美女帅哥的方向生长，慢慢地，自己才会变成美女帅哥；你如果不爱美，甚至不知道什么是美，那么就会跟我一样，长成一棵歪脖子树。

既然找不到文笔的定义，那么我只好根据自己的理解尝试给文笔下个定义：所谓文笔，就是运用富有语感的文字准确而诗意地再现某一感觉或情景的能力。

当然，这样一个定义并不是瞎扯出来的，也不是为定义而定义。我要从中抽取出四个关键词，这四个关键词就是拥有好文笔的关键：语感；准确和诗意；发现。下面逐一分析。

（1）语感

用“语感”这个词来概括不太准确，准确的说法应该是“活的语言”，或者说是有内在节奏感的文字。这样一个观点来自我的文学导师王小波，他的著名文章《我的师承》里头就说了：“文字是用来读，用来听，不是用来看的——要看不如去看小人书。不懂这一点，就只能写出充满噪声的文字垃圾。思想、语言、文字，是一体的，假如念起来乱糟糟，意思也不会好。”他的意思很明白，好的语言应该是有优美的语感的，这是一种富有音乐感的语感，他认为王道乾等翻译家为我们树立了很好的语言榜样。王小波不惜花费很长的篇幅来引述王道乾的译作《情人》，这是杜拉斯的倾情之作，带着沧桑的美感，它的开头是这样写的：

我已经老了。有一天，在一处公共场所的大厅里，有一个男人向我走来，他主动介绍自己，他对我说：“我认识你，我永远记得你。那时候，你还很年轻，人人都说你美，现在，我是特为来告诉你，对我来说，我觉得现在你比年轻的时候更美，那时你是年轻女人，与你那时的面貌相比，我更爱你现在备受摧残的面容。”

这个著名的开头已经被无数评论家评论过，而王小波引述它的时候说“请听听《情人》开头的一段”，他说的是“听听”，不是“读读”。也就是说，好的语言应该是富有韵律的，是有音符在字里行间跳动的。米兰·昆德拉也说好的语言应该是音乐，他甚至还用五线谱写作。而另一个例子是纳博科夫的《洛丽塔》，读过原著的人都感慨这本书的语感和音韵都十分和谐优美。我读不懂原文，但从翻译的第一段，也大概可以感受到作者对于语言音乐性有很高的悟性：“洛丽塔，我生命之光，我欲念之火。我的罪恶，我的灵魂。洛—丽—塔：舌尖向上，分三步，从上腭往下轻轻落在牙齿上。洛、丽、塔。”开篇便来这么一句，让我们的舌头跟随着他的文字运动，并自然而然地记住了这样一个音韵和谐的名字。你想想，如果你这辈子能写出这样一部像音乐一样优美的小说，那该多好。

我们现在所用的语言，是由古代文言文、白话文一路演变过来的，它理所当然继承了当年韵文的优美，同时又吸收了民间俚语的活泼。我们现在的书面语跟口头语基本趋于一致，想当年我们老祖宗用古文写出漂亮的文章，音韵和谐，读起来朗朗上口。即使鲁迅的语言，现在读来比较拗口，但丝毫不妨碍他文字的美感，这正是因为鲁迅本身就有很好的古文功底。他早期的很多文章，都是用文言文写的。文言文写作非常讲究语感，这样一种语感就是最原始的音乐性。比如欧阳修曾经给年轻人修改文章，就将“仕宦至将相，富贵归故乡”改成了“仕宦而至将相，富贵而归故乡”，对方读了半天没有发现任何不同，后来才发现多了两个“而”字，将本来急促的语气转为舒缓。所以古文虽然表面看来不重视我们所说的口语性的铿锵感，但其实是讲究“气”的，这种“气”有时候是格律对仗，有时候仅仅是语气的缓急，本质上跟现在的语言的音韵是一致的。

而我们现在所说的语言的音乐感，可不能狭隘地理解为通俗音乐，它有时候也可以是喑哑寂寥的古琴乐、断断续续的二胡乐。比如鲁迅的文字，表面读起来好像坑坑洼洼，但其内在是非常有节奏而独特的，以至于很多人读完鲁迅，写起文章来也带着鲁迅的味道：“一棵是枣树，另外一棵也是枣树。”

也有语言平实的作家，但他们的语言必然符合我们的另外一个关键词，那就是准确。

（2）准确和诗意

对于一个作家的语言而言，音乐感其实还不是最内在的，相对于准确性，音乐感只能算是外层的包装。对于很多描述，准确是唯一的准则。准确就是你把握眼前的事物、情景的能力，这是一个作家的根本能力，也是作家才华的决定因素。换言之，如果你连准确都达不到，其他的因素都会因此失效。准确甚至可以涵盖诗意，或者说诗意就是另一种准确。从你的眼睛到事物的本质之间，有唯一的一条直线，如何用你的文字直达本质，就是一个作家必须直面的第一个考验。

诗意的魂魄必须依赖于丰满的血肉才能存活。这个道理我用了很长时间才明白，懂得将自己的写作切入点放在“人物的生存感觉”上面，从而夯实了小说的肌理。在魂魄与肌理中间，需要小说家去搭建一种关系，签订一份写作的协议，去理顺、调整、刻画，最重要的是，把它抽象化，将诗意从说不出来的角落里萃取出来。在这个过程中，许多元素就会被寓言化。所以，好的小说，一定是寓言式的。诗与寓言，构成了小说的两个端点，二者的关系也决定了一篇小说的层次。

还是举例子吧。曾有人说长篇小说《在细雨中呼喊》是余华最好的小说，而不是《活着》。这种评价见仁见智，但《在细雨中呼喊》很明显调动了余华最多的童年经验储备。让我印象深刻的是其中这么一段描写：

刚刚吞没了一个生命的河流却显得若无其事。我是在那个时候知道河流也是有生命的，它吞没了我的弟弟，是因为它需要别的生命来补充自己的生命。在远处哭喊的女人和悲痛的男人，同样也需要别的生命来补充自己的生命。他们从菜地里割下欢欣成长的蔬菜，或者将一头猪宰杀。吞食了另外生命的人，也会像此刻的河水一样若无其事。

这段描写，是在“我”的弟弟溺死于河中之后，“我”凝视着河水时的所思所想。在这个极度悲伤的情景之中，悲痛的情感被转化为一种类似哲理的东西——首先，这样的感受是一种准确，我们总是容易在悲痛中产生哲理（比如失恋的人说话总像哲学家）；其次这样的概括性描述，是另一种准确。河水吞没了一个人，就如同我们屠宰动物、割下白菜一样若无其事。在这里，作者不但将河水拟人化，使之成为一个敌人，而且也将这样一个意外的事故与万物无常的命运联系起来，从而实现了一种诗意的转化。刚才说了，诗意是另一种准确。

诗意的描述是许多作家的追求。在王小波一篇很短的小说《我在荒岛上迎接黎明》里头，王小波借用主人公之口抒情道：“在冥想之中长大了以后，我开始喜欢诗。我读过很多诗，其中有一些是真正的好诗。好诗描述过的事情各不相同，韵律也变化无常，但是都有一点相同的东西。它有一种水晶般的光辉，好像是来自星星……真希望能永远读下去，打破这个寂寞的大海。我希望自己能写这样的诗。我希望自己也是一颗星星：如果我会发光，就不必害怕黑暗。如果我自己是那么美好，那么一切恐惧就可以烟消云散。于是我开始存下了一点希望——如果我能做到，那么我就战胜了寂寞的命运。但是我好久好久没有动笔写，我不敢拿那么重大的希望去冒险。如果我写出来糟不可言，那么一切都完了。”写作成为诗与非诗的战争，如果写出来近乎诗，就是成功；若相反，则“一切都完了”。所以王小波总将自己当作一个行吟诗人，他曾在小说里引用他创作的一行诗：“走在寂静里，走在天上，而阴茎倒挂下来。”读这样一句诗歌，我们不禁要笑，一个俏皮而倔强的形象跃然纸上。在他心中，人的精神家园应该是“孤独，寂静，在两条竹篱笆之中，篱笆上开满了紫色的牵牛花，在每个花蕊上，都落了一只蓝蜻蜓”。你无法不说这就是诗化的语言，而且这样的表述又是唯一的诗意，因为它准确。

同样的，在卡尔维诺（这也是王小波推崇的作家）的小说《看不见的城市》中，他这样描写道：“咬着镶琥珀柄子的烟斗，忽必烈一边听马可·波罗讲故事，神色淡漠，一边在缎子拖鞋里弓起脚趾，他的胡须垂及紫晶项链。这些日子，入夜时总有一股淡淡的忧郁压住他的心……可汗有时会突然有心满意足的感觉。这时他就会离开坐垫，站起来大步走过铺着毯子的小径。靠着亭台的栏杆，以迷茫的眼光环视整个御花园，挂在香柏树上的灯照亮了花园。”这部由一则则短小的章节串联起来的小说，其实应该是一组长诗，而且是及物的长诗。除了优美的语感之外，整个小说笼罩着一种说不出的情绪，将之当成一组长诗也未尝不可。

（3）发现

接下来说说最后一个关键词：发现。发现和诗意其实也是联系在一起的，将之分开似乎很难讲得清楚。我判断诗歌的好坏，通常的标准是这首诗歌有没有新的发现：发现一种新的表达，发现两个人两件事物之间新的关系，发现一种情感。但这里我所说的“发现”，范围相对比较小，特指对某一事物与其他事物的独特联系的发现。就如《大话西游》中帮主那句著名的台词所说的那样：“谁说我斗鸡眼？我只是把视线集中在一点以改变我对以往事物的看法。”

“改变对以往事物的看法”就是一种发现，而且是一种高级别的发现。所以“发现”不单是一种诗意，更是一种智慧。让我们来读读钱钟书《围城》中的几个句子：

沈太太生得怪样，打扮得妖气。她眼睛下两个黑袋，像圆壳行军热水瓶，想是储蓄着多情的热泪，嘴唇涂的浓胭脂给唾沫带进了嘴，把暗黄崎岖的牙齿染道红痕，血淋淋的像侦探小说里谋杀案的线索。

唐小姐妩媚端正的圆脸，有两个浅酒窝。天生着一般女人要花钱费时、调脂和粉来仿造的好脸色，新鲜得使人见了忘掉口渴而又觉嘴馋，仿佛是好水果。她眼睛并不顶大，可是灵活温柔，反衬得许多女人的大眼睛只像政治家讲的大话，大而无当。

褚哲学家害嘴馋痨地看着苏小姐，大眼珠仿佛哲学家谢林的“绝对观念”，像手枪里弹出的子药，显得突破眼眶，迸碎眼镜。

钱钟书就是有这样一种才能，发现两种完全没有联系的事物中间的联系，并将之转化为令人惊艳的文笔。而“80后”作家韩寒也努力培养这样一种能力，你可以在韩寒的作品中看到他对钱钟书语言技术的模仿。这其实不是文字上的功夫，更多是一种思维模式的演练，需要大量的练习才得其万一。

语言技术上的发现非常重要，但更重要的还是发现生活内部的秘密和荒谬，发现一种哲思，那又是另外一个层面的问题了。

语感、准确、诗意、发现，这是影响语言的四个重要因素，把握了这四个关键词，就能明白通往好文笔之路的方向。但光有方向是不够的，你还必须动起来，打开一个空白文档，写吧。

07

7 小说是不是写得越难越好?

小说当然不是越难越好。这是常识，但很多人会犯傻。我将这个问题提炼一下，就叫“无效的难度”，刚好与“状物的难度”对应。

去参加一些研讨会，经常会有人站出来说，这部小说突破了什么难度，代表了我们这个时代的什么精神，我都会对此表示警惕。我当然也明白小说的写作会面临许多问题，有非常多的难点需要突破，有各种各样错综复杂的状况需要处理，但有时候并不是你攻克的城堡越多，就越快抵达胜利的彼岸。

有一阵子身边写小说的朋友都喜欢玩技术流。其实就是怎么难怎么整，怎么难读怎么写，好好一个故事，非得拆得七零八落，弄出很多花招，弄什么意识流、蒙太奇，各种炫技，还将一些完全无关的细节往上面堆砌；喜欢考证，将一些无关宏旨的东西东拉西扯，写着写着，魔鬼、耶稣、圣经故事都出来了，将故事整成一个迷宫，开口必称博尔赫斯、卡尔维诺，但其实啥都没说出来。我有一个朋友，平时做点小生意，也酷爱写点东西，曾有一次神秘兮兮地告诉我，他正在研究如何将

《易经》的原理运用到小说之中。他构建了一个巨大的世界，也很有自己的想法，从三皇五帝到当下宗族问题，无所不包，似乎处处都有见地，遍地都是学问，但若干年过去，也不知道他的小说写出来没有，估计已胎死腹中。

很多人都知道，作家这个群体集中了大量的务虚人才，口若悬河者多，脚踏实地者少，稍微不注意就会凌空蹈虚，弄出什么横空出世的巨作。这多是初学者的毛病所在，也是“无效的难度”最常见的一种情况——他们攻克了一些并不存在的难度，或许攻克了一些他们自己虚构出来的难度，以长矛战风车，实属悲哀。

另外的一种情况是真正地迎难而上，但收效甚微。我见过有一些作家，为了写出一部小说，皓首穷经，恨不得读完所有相关的著作，钻研的精神着实令人感动。就像我有一回在墙上看到的一条标语，写着：“只要路是对的，就不怕路远。”初看极其深刻，非常有道理，但细想你就会发现非常荒谬。一个人的精力是有限的，无论做什么事，即使每一步都很正确，但如果没有正确地评估自己的实力和事情的难度，往往会让许多的正确组成一个巨大的错误。就像一个优秀学生，每次考试都几乎满分，品学兼优，无可挑剔，但进入社会可能是一个优秀的废人。过度玩弄技巧，有时候就会被技巧所玩弄；过度依赖刻苦钻研，过于相信考证求真，有时候就会丢失小说娱乐的本意。全是歪门邪道的小说绝对不是什么好货色，但一本正经、没有一丝邪气的小说，也绝对不是好小说。在好与坏之间，有许多障碍物是可以视而不见的，是可以飘然而过的，没必要过分强求究竟。

我们说“状物的难度”不可忽视，是因为这些难度是牵涉文本本身的，是小说中绕不过去的核心点，绕过去的话小说就不成立了，或者将会逊色很多。但不能将这些文本本身的“难度”当成小说写作外部的“难处”，这是两码事。写小说当然要有一点挑战精神，但不能恋战，更不能沉迷于某个细节而无法自拔，你在小路上绕得太远，就很容易忘记什么是小说的康庄大道。

某个晚上，我躺下去准备睡觉，随手抽出一本书来阅读，刚好拿到慕容雪村的《原谅我红尘颠倒》。这本书在我书架上摆了很久，但一直没有去读它，我抱着读几页就睡的心态读下去，谁知居然被黏住了，一口气读了半本，第二天又接着将它读完。小说写得很爽，读得也很爽，阅读几乎没有任何难度，引人入胜，所以我在想，这样一部小说，是否能将之划为通俗文学呢？显然也是不能的。它其实是写出了这个时代的某些真相，换言之，它是具有某种写作的难度的。这种难度包括对现实，或者更具体地说是对律师这个行业的深入了解，它是有实证精神的。我内心总有一个成见，总认为离现实和时事太近的作品，会很快被时间冲走。就如现在看《二十年目睹之怪现状》，我们会觉得当时那种社会环境与现在已经有点格格不入了。所以这样一部书，包括后来的诸多社会讽刺小说，基本都很少人去阅读了。但读慕容雪村的小说，你都会感受到他对现实的切入，难度恰到好处。这样的小说，你很难要求他在叙事技巧上有多大的建树，它开拓的就是现实的难度，而不是文本的难度。你如果要求《原谅我红尘颠倒》这样的小说，也按照先锋小说的写法去写，那么恐怕中国就没有慕容雪村了。

所以，我们稍稍总结一下：在写作中总存在许多“无效的难度”，这些难度有时候是作者好高骛远自己虚构出来的，有时候是作者爱玩弄技巧、爱钻牛角尖摆弄出来的，有时候是作者迷恋无所谓的细节，因小失大造成的，还有时候是作者无法准确定位小说的难度究竟是在技巧上还是在实证中，导致方向性的错位。但最后还是要说一句，一部有难度的小说不一定是好小说，但一部完全没有难度的小说，几乎可以肯定不是什么好小说。所以，不要因为“无效的难度”而放弃对小说难度的冲击。

08 8 什么样的风格更先锋？

先锋不仅仅是一种流派，也是一种精神，一种气韵。先锋的气韵弥漫流动，这本身就是一种姿态。这种流动不仅指时代，同时也指向每一个具体作家的创作路径。

我们无法脱离文学传统来讨论先锋。相对于宏大而坚固的文学传统而言，文学的先锋性一直是流动的，没有永恒的先锋。所以，先锋在被定义之前，都会被认为是无法远走的偏锋。具体到当下，比如近年非虚构写作盛行，一种紧贴大地的创作风格被冠以“接地气”而成为主流，那么若能颠覆这种所谓主流的写作，则是先锋。我以为文学还是不能一味在大地上行走，应该有腾飞的姿态。对我个人而言，我一直在探索一种可以糅合传奇小说和严肃文学的叙事手法于一体的寓言式写作，借以表达生存的感觉。

几十年前的先锋派赶上了一个好时代，他们成为“立法”的一代作家。苏童、余华、格非等人当时的写作探索，会随着时间的推移而逐渐显示它的重要性。虽然后来他们都逐渐放弃文体实验，回归故事，但在颠覆与回归之间，小说家和他的读者都经历了一次叙述的升级，从1.0版本自动升级到2.0版本，所以后面的小说创作，就再也无法容忍老土的叙事。这些探索绝对没有在苏童、余华、格非这一波二十世纪八十年代的先锋派小说家这里停止，而是一直延续到九十年代的王小波、王朔等作家，先锋的探索从文学形式一直到文学语言。2000年之后的刘震云、毕飞宇、薛忆沩等作家，都在从不同维度探索文学的边界。这些作家在面对历史题材、现实题材的时候，一直在试图越界。如果要把他们归为先锋作家，很多人会不同意；但如果说他们身上具备了文学生产所稀缺的先锋精神，大概我们都不会有意见。格非曾在一次讲座里谈到，某天马原到他家里去，聊天时就感慨不能再装神弄鬼，格非回应说，你装神弄鬼，我可没有。这个有趣的对话也反映了一个情况，就是八十年代的先锋派小说家之所以回归故事，也是因为他们已经意识到形式的实验探索永远不可能代替内容本身。后来格非的转型应该说还是非常成功的，他回归传统的同时也在打探这个全新的世界。先锋的难度在这个全新的世界面前，已经不是文本上的实验，而是如何去处理这个世界上时刻在发生的纷纭题材。其实余华的触觉是最敏锐的，他很早就明白这个道理，他的眼睛一直注视着中国当下瞬息万变的现实社会，并不断试图通过研究社会新闻的方式深入这个世界的内核。即使《兄弟》和《第七天》并不能让许多人满意，但这样一种探索的精神，在方向上应该是正确的。回头看看我们就能明白，余华跑在许多作家前面。先锋最简单的定义就是走在前面的人，一个人跑到前面去了，就难免要付出更多的成本，包括失败和被嘲笑的可能。

如果不想被嘲笑，最简单的方法就是乖巧一些。文学走到今天，已经不是单纯的艺术，很多时候还要考虑商业环境和其他不便描述的复杂因素。作家们其实也都是聪明人，都明白文学生产中有一条非常讨巧的现实主义大道，在这条道路上出现了很多既让人叫好又叫座的作家和作品，这是人民群众喜闻乐见的部分。所以，青年作家也很容易就变成熟手，很快就明白读者和评论家都需要些什么菜式，轻车熟路就能做出拿手好菜，皆大欢喜。但真正的文学显然不是这样的，作家也不应该只甘心如此。总必须有一些人坚持剑走偏锋，坚持不妥协，坚持小众，坚持不讨评论家的喜欢。我依然相信，这个时代所召唤的大师，一定会在思考应该如何用更好的方式去表达这个时代，而不仅仅是描摹现实。

世界在滑向庸常，所以必须不断重申先锋文学的价值。回头看很重要，每次回望都能修正我们前进的线路。先锋文学最大的贡献应该是在西方文学的坐标中修正和升级了我们汉语文学的叙述方式。中国新文学在二十世纪八十年代经历了一次跑步前进，这批作家也突然成为了全新的“立法者”，他们所面对的时代机遇与当年胡适、鲁迅所面对的是相类似的，都是和过去的时代说再见。他们一波人凑在一起，宣布一个全新的文学时代的到来。新世纪之后的文学，已经只能仰望当时那个“立法的时代”了。当下的青年作家，不再具备“装神弄鬼”的资格，更多的还是在不断从事新的探索。所以，我预感文学在未来的一段时间应该会出现转型，走向多元，走向专业资源的公约数。如果这一代青年作家，无法走出上一代作家巨大的阴影，那也就可以宣布他们为没有希望的一代。所以，不屈服的人应该正在进行各自的努力，虽然目前还没有什么特别耀眼的作品。

所以，我们也不需要那么多的帽子，更不需要将某一部分作家列为先锋作家。再说，被列为先锋作家也不一定是一件特别光荣的事。当年的先锋文学应该被理解为一种文学思潮，轰轰烈烈涨潮又退潮。这个时代不一定需要先锋作家，更需要的是先锋精神。在一个价值多元的时代，文学不断被肢解和细分，也没必要授命哪几个人就去充当先锋。但是每个作家都应该多少具备点先锋精神，至少我是这样要求自己的。我也曾说过，在聚讼纷纭的庞大世界面前，当作家穷尽想象希望介入现实的时候，他将别无选择地滑向先锋。这个世界已经足够荒诞，作家如果要置身其中，就不可能老实巴交地照搬照描。他总要想点办法呀。正因为如此，我会去写《分身术》和《折叠术》。前面这句话是在吹牛，假装我已经很厉害的样子。当然，我写了什么好像也不重要，反正作家们一般也不会互相阅读。

有人说一个好作家首先是一个好读者，但其实很多作家的阅读量是非常有限的。相对于评论家而言，作家更需要时间去创作，也更需要时间去经受生活，虚度时光，发发牢骚，学者型的作家毕竟是少数。所以在我看来，很多作家说受到另一个作家的影响，很多时候也是一种不全面的误解。我看余华、马原等人写的一些读书随笔，经常会被他们对某些前辈作家的赞叹声弄得很错愕。你按照他们列举的作品按图索骥进行阅读，就会发现这些作品并没有他们说得那么好。他们也没有撒谎，只是他们进入这些作品的角度和时机与现在的我们并不相同，甚至可以说，每个人的阅读都是一种误读。作家读作家，中间的误解可能更能让人获得写作上的进步。如果这个谬论成立，那么我就是在坑坑洼洼的误读中受益的。如果非要自圆其说，我要说好作家都是擅长误读的。我想我的同代人都无法回避这个问题，必须承认自己深受余华、苏童这一批前辈作家的影响。到目前为止，我们还只能仰望，确实惭愧得很，没有出现能完全超越他们的文本。但是，突围的号角不断吹响，包括他们“70后”作家，也非常努力。只要聪明人在努力，就不怕结不出好果子。年轻一代的写作资源一定是世界性的，不可能都是通过上一代人获得。我们会看很多最新的欧美电影和电视剧，会关注远方发生的小事。在万物互联的时代，所有人面对的资源相对平等，没有什么文学的藏经阁，也不存在武功秘籍，大家都清楚这个世界的资源不是太少而是太多了，需要研究的是将时间和精力花费在什么上面。

先锋意味着勇往直前的探索，也意味着相对性。卡夫卡和马尔克斯的作品都可以被视为具有先锋精神的现实主义作品，先锋精神和现实主义并不矛盾。也就是说，先锋的对立面是保守，是不先锋，而不是现实和现实主义。现实的对面站着的，甚至可能不是虚构，而是你的不相信。量子力学都发展到今天这个神神叨叨的地步，你说，有什么东西是真实存在的吗？什么又叫做真实呢？当一个作家开始怀疑现实，先锋性也就随之产生。再往前走一步，他就开始探索可能性了。探索可能性并不是炫技，而是对现实的探寻。在真正的文学场域里，并不存在凌空蹈虚的先锋，那样的装神弄鬼也是没有意义的。更重要的是，这个作家面对这个世界，他会去撬动这个世界的哪一个部分，他选择什么姿态，要讲述什么故事。这是一个老问题，几乎没有终极答案。一个作家最重要的还是要明白自己要干什么，不要为先锋而先锋，也不要为不先锋而不先锋。

那么，流动的先锋究竟又是什么？“所谓先锋派，就是自由。”尤奈斯库这句话我最早是在谢有顺的书中读到，当时觉得这样的表述太牛了。这句话提示我们，每一个作家都必须有一个立足点。如果你选择先锋，则意味着你站在自由这边。站在自由这边也就意味着一个作家必须具备某种能力，或者说，你要走在前面，不能赤手空拳，必须有所凭借，必须有点自己的看法，不能失去自我。珍视每一个个体，包括作者自己，也包括故事中的人物，只有如此，才能“站在鸡蛋的这边”。你空空的双手握住的究竟是什么呢？有人说文学性也许就是语言本身，或者也可以说，先锋性最后需要落实到语言的层面。如果语言方式陈旧，如何先锋？沿着这个问题思考下去，似乎更应该琢磨的是先锋性有多少个维度。比如就语言维度而言，王朔的语言探索和王小波、刘震云的语言探索就完全不同。不断扩大先锋的外延意义并不大，更应该从细小的地方切入，弄清楚先锋给我们带来的是哪些全新经验。先锋的外部，也并不存在泾渭分明的边界。所有的文学分类都必然是权宜之计。类型文学中难道就无法产生经典？显然不是的，不要忘记《红楼梦》当年也不是什么正经书。所有的分类和标签都是临时的、流动的，重要的是要在这种流动中看到方向，看到未来的可能，看到究竟什么样的产品更能代表这个时代的精神内质。

随着我们对宇宙的探索一点点前进，这个世界确实也越来越虚幻。我不知道后来的人会如何看待我们这个时代，我们所处的这个荒诞的世界。如果人生是一个巨大的游戏，那么，让我们完美进入沉浸式体验的，正是孤独、恐惧、虚无之类的生存底色。我们的幸福和痛苦，大概都来源于人类对时间的感知。无论怎么说，能让我们觉得自己活在时间里，真的是上天的恩赐，也是人之所以成为人而不是动物的基础。所以，我们的孤独和恐惧，终将会在时间里被消解，这其中有不可言说的诗意。对小说家而言，炖煮这些终将消解的生存感觉，控制好火候，就可以在其中安插任意的插件。我常常在想，也许若干年后，小说家都能实现人脑和电脑的直接相连，那生产出来的小说，大概就是一个个游戏场景的模样。作家一人分饰多角，雌雄同体，一边杀人越货，一边修桥造庙。人工智能时代，人脑终将比不过电脑，甚至我们永远不知道那个口罩的背面，究竟是真人还是假人。面对可能被虚拟的现实，唯有心灵深处的自觉，对人之为人的体察，才是立人之本。在苍茫之中人类的那一点悲欢，是最应该被善待，而不应该被取消意义的。

高铁向前飞奔，但高铁并没有飞离地面，可以飞离地面的是我们的想象力。所以小说最终离不开伦常，在伦常中被浸润、被摩挲而有了包浆，最后有价值的，也就是包浆上面的那一层柔光。但一篇充满隐喻的小说其实并不讨喜，充满机巧的笨拙才是好小说，特别是好短篇的重要表征。无意义的离开最终成为意义消解的题中之义，一个人毫无意义的失踪既反抗了隐喻，又创造了隐喻。

9 常见的小说结构有哪些？

一部小说有多少种读法，很大程度取决于这部小说给读者预留了多少空间。有时小说的入口和出口是一致的，有时又是不一致的。对于一个普通读者而言，正常的阅读，都更倾向于努力贴近作者的本意。但作家对作家的阅读不是这样。或者说你如抱着探讨小说写法的目的去阅读，那么跟普通读者的阅读应该是有区别的：每一个读者都希望在作品之中找到作者，但每一个作者都希望在另一个作者那里找到自己。这是普通读者和专业作者在阅读小说时的不同心态和目的。如果你恰巧是后者，那么你在阅读一部小说的时候，一定不会放过“结构”。

一个好读者，阅读小说的时候不只会读情节，更会读结构；一个好作者，他小说中的结构意识，甚至会比小说的情节更为重要。如果说诗歌是一把匕首，散文是一条河流，那么小说就是一座房子。房子之所以是房子，就是因为它是立体的，它有结构。小说是房子，立体的，面面俱到，要虚构和创造；散文是河流，弯弯曲曲，绕过深山怪石，风光无限；而诗歌是匕首，短小精悍，一刀见血。写小说要胸有成竹，你看到我低头走路的时候，其实我心里装了一座房子。有人说，我现实中是“房奴”，等于也背着一套房子，现在心里面还要有一座房子，那岂不是很痛苦。是的，写作本来就是一件痛苦的事，痛苦是人生的本质，所有的事情只不过是苦中作乐而已。小说考验作者和读者的记忆力，你需要记住房子里的每一块砖瓦，它的颜色、质地、花纹，以及在房子的其他地方有没有另外的砖块与它相呼应。又有人说，我偏偏就不要结构，我用意识流，我用散文的样式去写小说，怎么就不行了？行，当然行，这涉及文体与文体之间的界限问题，我们之间也讲过，一种文体与另外一种文体之间，存在模糊的界限。每一种文体都在不断确立边界，同时又抹去边界，它们在相互的侵占之中成为自己。并不是说那些写得像散文的小说就没有结构，只是它的结构比较隐蔽而已。初学者最重要的是选择符合自己气质的叙述方式并坚持它，其中写什么是个技术问题，怎么写是个风格问题。但你终究要想清楚“怎么写”，只要出现这个问题，就一定绕不开“结构”问题，因为它真的很重要。

最近看足球，也感悟到一些小说之道，在这里跟大家分享一下。世界杯在午夜12点开打，这个时刻，正常都是我打开文档开始写小说的时候。看呢，还是写呢，这是一个问题。结果大部分时候还是盖上电脑打开电视，一个月下来大概得损失掉半个中篇。当然有时候也不看，看不下去的理由跟写小说是一样的，半天都摸不到北，找不到你想要的兴奋点，或者松松垮垮，结构不好，节奏不对，没有层次。发起一次进攻，就应该是一个情节的小波澜；如果这次进攻没有想法，没有配合，没有呼应，那么大概不会好看。与足球一样，小说也有攻防之道。只是足球的对手是明确的、是看得见的，而小说的敌人是看不见的。有时你要对付的仅仅是一个平庸的想法，有时是一个读者的质疑，有时是对一个陌生场景的心虚。要将自己的弱点掩藏起来，要修复危险的关系，你要努力防止那些不起眼的匕首和沙砾击破你苦心撑起的幻境。最终，你的敌人是自己。你无法相信自己，自己的判断，自己的记忆。你必须和自己谈判，检阅自己自以为高妙的想法是否只是平庸的伪装。你会用尽全力去晃动自己夯进土地之中的石柱，以检验它是否像一颗松动的牙齿一样不堪信任。所以，每一部好小说，都应该是作家与自己搏斗过后的产物。

小说的好结构能帮助你应对这些危险和敌人。有一回跟小说家徐则臣聊天，我问他的长篇小说《耶路撒冷》的结构问题，他说结构太重要了，他是在夜里突然灵光一闪想到了一个比较巧妙的结构，还爬起来记录下来才睡觉。我也有类似体验，写长篇小说《美人城手记》的时候，有三次半夜爬起来记录自己想到的点子，其中两次跟小说的结构有关。还有一个比较惨痛的例子，来自我的中篇小说《半步村叙事》。这个中篇小说，其实从2006年的年头就开始写，但我一直都觉得自己没有想好。第一次写了8000字，觉得过于流俗，于是推倒重来。2006年我24岁，刚完成一个不成功的长篇小说，踌躇满志，总认为自己有能量进行更深远的探索，并鲁莽地认为有没有勇气推倒重来，决定了一部小说的质量。我第二次发起写它的雄心，或者说野心，是在2007年暑假，但此时我发现自己置身于一个迷宫之中，人物错综复杂，情节总需要填充，我像一只忙碌的蜘蛛顾此失彼。我只能停住。2008年4月，我开始为这篇一万多字的小说“续命”，去掉让自己感到讨厌的“肌肉”，因为它可能成为整篇小说的肿瘤。我知道故事推行到这个地方，它困难重重。横跨一个世纪，而且不止有一个主人公，这张网织得太大了，几乎收不拢，完全不是一个中篇的容量。而且许多地方我从未涉足，我的生活经验出现真空，我的触角够不到那个时代，光靠着想象推行，感觉如履薄冰。在路上，我一直在思索，是什么原因导致我的小说走进了困境。我对人物的把握很差吗？不见得。我对情节的把握很差吗？也不尽然。那么，到底是什么原因把这个故事拉得这么大？我的创作冲动到底是在哪里呢？我不禁一遍又一遍地追问自己。在故事的中途，我希望有人给我指出答案，但没有。直到有一天我在吃牛肉丸，碗里七八个牛肉丸各自存在着，各有各的形状——如果将这七八个牛肉丸都挤成一个，足有拳头大小。你想象一下，一只碗里放着一颗拳头大小的牛肉丸，那当然不好看——我突然恍然大悟。我开始明白一切的根源在于结构：我没有为这个复杂的故事提供一个可以攀附的结构，却总不断增加它的体积，总不断在干预人物，这使得叙事者和主人公距离太近，以致主人公想犯错误时总受到叙事者道德的干预。更关键的问题在于，我陷入了一种误区。我认为，人物的命运是由于他错综复杂的血脉关系，是由曲折离奇的人生经历造成的。由于这种错误的观念，我为人物设置了极其复杂的情节——我在这方面自信还有点才能——于是，我的故事看似编得很好，但其实，整个故事挤成一团，像一个拳头大小的牛肉丸。故事就是故事本身，这是武侠小说的毒素在起作用，它使我能讲故事，也让我迷恋故事本身。我很早就知道，小说应该贴着人物写，但我并不知道什么是贴着人物写，因为我并不知道我一直都在贴着情节写。

感悟到这些还是不够的，最后《半步村叙事》真正成为一部小说还得益于帕慕克的《我的名字叫红》。帕慕克在这本书里让每一个人物、每一件物品都开腔说话，参与整个故事的叙述。也就是说，在这部小说中，各自独立的声音组成了一个庞杂的气场，让故事和真相相互掩映。所以，我最终采用多声部的结构，我不得不这么做，而且认为这样的结构才是解药。这样的结构的好处在于，完全突显了人物的重要性，而不是故事情节。一个真正的小说家，应该让人物出来说话，应该让人物活起来。这话听了很多遍，但不是每个人都能听得懂的。人们开始学习写小说，遇到的第一个困难，就是情节，于是就一直为情节而努力。可以说，精巧的情节外壳是一个完美的智力产品，就如一个魔方，它令人惊叹。但情节不是全部，情节也不等同于结构。那些将故事情节等同于小说结构的糊涂蛋，最终都会像我一样付出将作品推倒重来的代价。故事的丰满并非依靠错综复杂的情节，而是依靠人物性格、情感、矛盾抉择等非刚性的因素。换言之，故事的丰满在于肉而不在于骨。骨要精瘦，就如名著的故事情节总是很清晰，非常容易概括。好的小说应该不是令人惊叹，而是令人战栗。在我虚构的地图上，我的人物忙忙碌碌，我更应该关注他们的生存感觉。小说应该书写人物的生存感觉，而不是其他；其他的应该留给哲学、社会学、史学去解决。

常见的小说结构有哪些？这个我看理论书籍和专家都众说纷纭，似乎各有各的分类方法，挺乱的。之所以会这么乱，我觉得主要是因为他们都想用一套分类方法来囊括古代小说和当代小说的结构，但其实它们是不一样的。中国传统小说的结构，更多等同于情节的编排；但当下小说已经逐渐将结构和情节分开。如果再将二者混为一谈，恐怕不太科学。我们先来聊一聊中国传统小说的结构问题。大概可以分为以下几类：

第一类，冰糖葫芦式。冰糖葫芦，吃了一颗再来一颗，一根竹签串成一串。比如我们熟悉的《西游记》，九九八十一难，打一只妖怪过一个难关，经过一处险阻就离成功近了一步。这种结构模式就跟网络游戏里头打怪兽一样，它满足了突破障碍和主角成长等多方面的需求，也为电视剧编剧所喜爱。

第二类，击鼓传花式。比如《水浒传》，就跟我们玩击鼓传花游戏一样，鼓声停下来时，手帕到了谁的手里，谁的故事就继续，从林冲到鲁智深，故事自然过渡。这样的做法能让各个人物线索都得到发展，而又不显得凌乱，比较适合那些情节复杂、人物众多的小说。

第三类，图卷式。比如《红楼梦》和《边城》，画轴一点点打开，图景一点点放大，人物一点点清晰。这样的小说就如一张张画组成的展览，既有纵向的概览，又有细部的特写。如果配合一些音乐一样的情节，它将舒缓有致。

第四类，药铺抽屉式。每一个抽屉都装着一个故事，你按着药方一个个打开，里面的故事是独立的，完整而又开放。比如王小波《红拂夜奔》，故事一遍又一遍地讲，每一遍又不一样，似乎独立而又相互联系。再比如《风声》和《天龙八部》，小说中各个故事几乎都相互独立，但连成一片就如一张药方，能发挥新的疗效。

再来看看外国小说中的结构问题：

第一类，平行线式。比如村上春树的《冷酷仙境与世界尽头》，还包括他的《1Q84》，都是两根平行线式的结构，这似乎是村上春树最爱的小说结构。他喜欢一分为二讲故事，分开说，让二者相互映衬。我一度也非常迷恋这样的小说结构，双线叙事，但这种结构对视角的处理是一个挑战，要谨慎运用第一人称叙事。

第二类，拧麻花式，也叫链条式。比如卡尔维诺的《寒冬夜行人》，它由十个故事的开头和男女读者的交往编织而成。一本装订错误的小说，引发了一系列的连锁反应，连续的犯错和澄清，组成了这样一部精密而又好玩的小说。类似的例子还有王小波《寻找无双》，如果没记错，这应该是王小波第一部长篇小说，从中可以看到向前人借鉴的痕迹。

第三类，三线并行式，还有复调和意识流。比如《安娜·卡列尼娜》，两条主要的平行线索和一条联结性的次要线索，让整个故事跌宕起伏。再比如帕慕克的《纯真博物馆》，表面看故事的线索非常简单，但细看你就会发现作者用心之细：他将主人公与情人相处时留下的所有物品都陈列出来，从而形成故事的分线索，线索细密交织，而又不显得凌乱。

第四类，中国套盒式。这个可以展开细说。比如麦克尤恩的《立体几何》就是这样一种结构。建议大家先找到这篇小说来读，它非常精巧。所谓中国套盒，样子大概就像佛教装舍利子的匣子差不多，大盒子里面有中盒子，中盒子打开，里面还有小盒子，就这样一层层嵌套。《立体几何》最外层的盒子，是一对非常不和谐的夫妻，作者使用了不可靠的叙事者，将妻子写得非常讨厌，但其实叙述者“我”才是那个非常冷漠的人，他一味沉迷于自己的“研究”之中。“我”研究的是曾祖父的日记。曾祖父和他的朋友M成为故事的第二层盒子，而日记中所记录的一个M陈述的故事，成为第三层故事。最终在这个层层包裹的故事之中，有一种能让人消失于无形的方法，成为最外层的“我”将妻子残忍杀害的工具。一桩波澜不惊的谋杀案就这样发生了，而这个非常不可靠的叙述者“我”依旧沉迷在探索的喜悦之中。这是一部非常精巧的小说，它的结构，就是用了套盒式结构。

这样的概述当然是不尽然准确和全面的，但哪里又有全面准确的概述呢？这些别人已经用过的结构，当然也可以再用，但可以说每一部成功的小说，它的结构都是作者的独创，或者是对某一个结构模式的变形运用，很难进行完全的归类。但只要掌握一些基本的结构模式，你就能在此基础上进行一些有效的创新，而我相信这样的创造是无止境的。

10 小说如何开头？

王小波十分迷恋杜拉斯“我已经老了”这样的开头，他认为这样的句子能奠定整个小说的基调。马原则更钟情于海明威式的简洁开头，他在《虚构之刀》中这么写道：“小说叙述需要进入某种状态，在进入状态的过程中，它经常会使用‘当时’‘那时’等诸如此类的表述……在《杀人者》的开头是这样写的：‘亨利餐馆的门开了，进来两个人。’”马原认为这种叙述能让人一下子进入了状态。这也是一种开头的技巧。另外，对于小说开头的时机，有人做过研究，说最好是在故事时间的三分之一处进入故事，会比较舒服。

不同小说家的小说开头千差万别，简直可以形成一门“小说开头研究”的课程。马尔克斯的小说《百年孤独》开头曾让当年的莫言大吃一惊。老马的开头是这样的：“多年之后，面对行刑队，奥雷里亚诺·布恩迪亚上校将会回想起，他父亲带他去见识冰块的那个遥远的下午。”在这个开头里，“多年以后”是典型的“将来时”，“父亲带他去见识冰块的那个遥远的下午”则是“过去时”，而这个叙述者所处的，则是一个隐含的“现在时”。在这个开头里，马尔克斯两只手指头一撑，就把一个由过去到未来的时空给撑起来了。在小说开头即撑起故事的时空，让读者能够更快地进入小说世界，所以说这是一个经典的开头。

卡夫卡《变形记》的开头却是另外一种：“一天早晨，格里高尔·萨姆沙从不安的睡梦中醒来，发现自己躺在床上变成了一只巨大的甲虫。”这种开头与加缪《局外人》的开头“今天，妈妈死了。也许是昨天，我不知道。我收到养老院的一封电报，说：‘母死。明日葬。专此通知。’这说明不了什么。可能是昨天死的”，有异曲同工之妙。两者都是通过背离某种现实，营造荒谬气氛来吸引读者的。

小说开头种类繁杂，有的以引起读者兴趣为能事，有的则如巴尔扎克那样对故事环境进行无比细致的描写，有的归类法对它不起效果。所以这里不再举出其他的开头。我认为小说开头是无定法的，应该与整个故事相衬，量身匹配的便是好开头。

作家开始创作一部作品，第一句话就相当于在一张洁白的画纸上落下第一笔，在空白的棋盘上放下第一个棋子，它决定了后面的每一笔每一步应该如何。对于小说开头，很多作家都非常慎重，他们要将精气神都凝聚到一点，才开始落笔。有些故意漫不经心，有些东拉西扯，有些则直奔主题。可以到图书馆找几本名著看看，多琢磨，网上也有很多关于小说开篇的资料，可查阅。我个人的经验是：写下第一句后，如果没法将第一页写完，则说明你还没想清楚；如果写完第一页，你对开头还不满意，则说明你依然没想清楚；如果你已经写到一半了，对开头还不满意，则建议你写完之后再修改开头。

11 小说中的时间感如何呈现？

我常常对时间感到迷惑。人类花了很多年才大概弄清楚空间，直到几百年之前，许多人还认为地球就是整个宇宙的中心。对于相对直观的空间，我们的认知尚且如此迟缓，对于看不见摸不着的时间，我们要弄清楚大概要花上更长的时间。或许必须在一千年一万年之后，人类才会弄清楚时间究竟是什么。当一切都豁然开朗的时候，他们回头来看今天我们对于时间的认识，就会像我们现在看到原始人在钻木取火一样，报以淡然一笑。

我记得十年前的某一天读苏辙《武昌九曲亭记》，这则短文记录了一千年前一场雷雨，雷电劈倒一棵大树，使九曲亭得以重修；还记录了苏东坡“逍遥泉石之上”“扫叶席草，酌酒相劳”的狂态。而我想，喜欢“穷山之深”的苏东坡会不会抓住一只青蛙在它的腿上咬一口？后面这个情景是我虚构的，我还可以虚构青蛙被咬的痛楚，虚构东坡居士的狂笑，但苏辙并没有记录它，所以它不存在——这就是我们与时间的间隔，真相与另一个真相之间没有边界，只隔着恍惚而模糊的一个谎言。那是1082年在黄州西山发生的事情，而我阅读到这个记录是在2004年的韩山脚下。如果2004年的那个丑男人还在那里，对着韩江水发呆，就着路边昏黄的灯光读了一则一千年前的短文，如果那个丑男人真的是我，如果我只有21岁；那么，我也可以肯定当时我嘴巴里咬的不是青蛙腿，而是一只烤鸡腿。

我们可以用时钟精准地丈量时间，却无法把握流年。此时此刻，我小心翼翼地回避“岁月”这样一个词语，生怕它扎痛罗布于记忆之中的脆弱神经。在我的写作历程之中，我珍视每一个涉及记忆的词汇，我明白每一个句子都会在我的记忆之中插上一面旗帜，让我能在遥远的未来借以辨认今日或过去的存在。有一天这面旗帜也会如黄州西山之上的那棵大树一样轰然倒下，那不过是让出了一块沃土以重新建造更加美好的楼亭。感念于时光，感念于平行时空发生的美好，是聚散无迹的故事在书写它自己；而我们，也许只能永远装作不知道每一天流失的是什么。

所以我们才需要在故事中去拥有第二个人生。在这样的时代，作家是不幸的，也是幸运的。无论现实多么残酷，精神环境如何破败，对于作家而言，每一个伤痕都可以成为写作的资源，成为你构建第二人生的砖瓦。我此在的生活，成为精神世界的砖瓦，这大概也没法判断是幸与不幸，只能说是一个极致的游戏。在这个游戏中，时间的坐标显得尤为重要。所以福斯特在《小说面面观》中也这样说道：“在小说中对时间的忠诚尤其重要，没有哪部小说是不谈时间的……小说家在他的小说结构中，不谈时间那是完全不可能的。”只要活着，只要写着，时间永远是永恒的命题。它一直存在，不可触摸并不代表它不存在；它渗透到我们生活的每一个缝隙之中，以至于成为我们存在的全部。有时候我会想，如果时间不存在了，我们是不是也就不存在了？或许时间只是另外一种我们无法理解的物质，我们不理解时间，就如同森林里某一只蚂蚁不理解一加一等于二，蚂蚁不懂，并且永远不会懂。这就是一种永恒的悲哀。

作家魏微曾出版一部小说集，书中收录了13篇小说，我读完之后告诉她，这其中有8篇是以带有时间性词语的句子开头的，她大为吃惊，说她自己也没有注意到这一点。当然这是一种不完全统计，但能看出一个作家在潜意识中会受到写作习惯的影响。短篇小说的开头第一句，我觉得非常重要。琢磨清楚这开篇第一句话，我们可以看出是什么东西驱动一个作家的写作，是什么东西调动了作家写作的热情。对魏微而言，显然是时间。魏微对时间有天然的敏感，或者说一种深深的迷恋，这里面包含了非常复杂的东西。一个作家太早看穿时间，会让她少年老成，也会让她以后对世间一切更容易感到厌弃。

2014年有一部很火的科幻片，叫《明日边缘》，电影里的外星人入侵地球，他们最厉害的武器并不是炮火和飞船，而是一种能控制并重启时间的怪兽。这部电影让我吃了一惊。我看过很多关于时间循环的电影，从《土拨鼠之日》到《蝴蝶效应》再到《恐怖游轮》《环形杀手》《谜之屋》，时间在故事中被处理为周而复始，不断重来，可以穿越回溯，这些都并不惊奇。如果有人（或者非人）能够控制时间，那真的就足以控制一切。我想，如果我是上帝，大概最感兴趣的就是时间。当时间能够被自如操控之后，人类的生活大概也就变成一部4D影片，鼠标一拉就可以高清回放，而影片之中的人浑然不觉。《明日边缘》这部电影最重要的概念，或者说设置，就是主人公拥有不断重新启动今天的能力——当他死了，整个世界就重启，只有他存在记忆的积累，而其他人的记忆都被刷新了一遍，所有的事物依旧按照原来的时间秩序在前进。该死的人照样死去，该遭遇的意外照样遭遇。时间就是命运之手，愿意的人跟着走，不愿意的人拖着走。

对时间不同的理解，也成为每一个人处理自己与世界的关系中最重要的一个环节。时间和空间，总是暧昧难辨，甚至今天还有理论认为时间和空间本来就是一回事，当以足够快的速度在空间中穿行，就能超越时间。而如果从这个角度去看《黑客帝国》，时空就完全被打乱了。地铁站在那里被处理为另一个世界的入口，而主人公也最终被困在一列迷失的地铁里，在一个似乎不存在的地铁站，去寻找另一种不存在的传说。地铁中陌生的面孔、高速移动的空间物体、未知的站点、匆忙的脚步，提供了无数故事的起点。在这些不断重复又各不相同的故事里，多少爱情就这样在错乱的时空中发生了，这是开往春天的地铁，值得用青春去守候。看《时空恋旅人》中那一对恋人，穿着不同的衣服不断出现在同一个地铁站、不同的时间，一起赶路上班，一起疯狂，一起听那几个街头艺人唱“我会爱你多久，就像你头顶的星星”，就在那一瞬间，你仿佛明白了生活日复一日的本质，是在烦琐之中不断错失生命的精彩。其实，生命唯一的真实就存在这些烦琐的重复之中，你日复一日地活着，这其中就蕴含了某种诗意的秘密。

我在写作《黑镜分身术》系列小说的时候，对于分身术的设置，也受到平行宇宙理论的影响。我试图去理解多维空间，试图去理解时空的重叠，虽然一切都是假设，包括宇宙形成的所有的理论、量子力学和弦理论，其实都是我们煞有介事的推导。在所有的平行宇宙理论之中，我留意到一个近乎疯子的短命学者提出来的观点：一念一宇宙。也就是说，所谓的平行宇宙，就是这个世界是因为你的存在而存在，这一秒的你和下一秒的你，分别存在于不同的宇宙之中。一念之中就会产生更多的宇宙。所以，在另外一些时空之中，应该存在另外一些你，不计其数的你，他们正在遭遇平行的命运，有些大富大贵，有些被一枪毙命，有些遇见美女，有些勾搭丑男。每一个概率的发生，都形成一个宇宙。基于这样的时空观念，我在小说中设置了一种神奇的法术，能将人的寿命平均分成三段："在半步村木宜寺，本来有三个和尚，老和尚悟木，中年和尚悟林，小和尚悟森，但他们是同一个人分身出来的，线性的命运被拆分成三个线段，三个人分别选择了人生的不同阶段去生活。然后呢？然后他们又变回一个人，就是且帮主。三个水龙头同时打开，每一个分身的寿命就变得很短。"这样的尝试让这个小说世界精彩纷呈：一个男人可以给他的女友分身，让他在一个女人身上得到了"聚众淫乱"的快乐；一个整容失败的女明星，可以用自己的寿命换取18岁的青春美丽；一个越狱的杀人犯，可以通过分身术逃避追捕。而这些分身，不过是平行宇宙之中另一个不同阶段的你的拷贝而已。也可以将古代的鬼神之说融入其中，让一切变得丰满而有趣。

平行宇宙的概念也被影片广泛运用，比如在迷你短剧《谜之屋》中，那间不存在却能够打开的屋子，应该就是平行宇宙。其中有一把梳子，作用是能够让人瞬间移动，其道理不过是使用这把梳子，就能够让时间在十秒之内处于停滞状态，而只有持有梳子的人的时间照样流淌，所以他能够在别人凝固的时候发生位移。《X战警》也利用了这个概念，让其中一个人物拥有了瞬间移动的能力。

古人很早就发现了时空具有相对性的奥秘，甚至将时空的概念引用到艺术的界定之中。比如莱辛的《拉奥孔》中，就将艺术分成了两个大门类：一类艺术是空间性的静态内容，可以在空中并列展开，这包括绘画、雕塑等；另一类则是时间性的，其所表现的内容多是动态的，包括音乐，当然应该也包括一切文学门类，特别是现代的小说。小说家很早就注意到时间的线性流动，但又不安于这样的线性，他们总是不断使时间变形，让时间变成某种魔术，用以表现更为深刻的生活感受。有抱负的小说家总是探索性的，“自觉地醉心于用自己的感觉方式来自由切割、扭曲小说中的时间，以获得某种特殊的美学效果”（陈平原语）。随着叙事理论的不断完善，对于叙事时间和故事时间的概念已经慢慢清晰。也就是说在一个故事文本中存在不同的时间，可简单地划分为故事中人物经历的时间和故事叙述者所用的时间。其中存在一个时间差，从而可以演化出不同的叙事节奏：省略、概述、场景、减缓和停顿。省略，指对故事时间线索中的某一时间段直接跳过，不作叙述，故叙事时间约等于零，故事时间则依旧存在，不断流逝。省略的作用是显而易见的，它可以让故事变得简练，出现更多诗意的留白：“笑问客从何处来。”概述，是指叙事压缩了故事时间，故事的实际时间比叙事时间更长，概述常常被用于对故事背景、事件概貌的介绍和交代。场景，是一种叙事时间与故事时间基本等长的情况，往往是与故事时间等同的人物对话，比如海明威《白象似的群山》中男人和姑娘的对话，等于在叙事中还原场景。减缓，是叙事时间大于故事时间，这类似电影中的慢镜头，可以造成情节的延宕，形成一种朦胧美。停顿，指叙事时间延长而故事时间暂停，叙述被充分展开，情节几乎没有进展，如萧红在《呼兰河传》第一章描摹呼兰河风土人情的片段，阿兰—罗伯·格里耶在《咖啡壶》中对咖啡壶不厌其烦的描绘等。当然这五种节奏形式，作家都是综合运用，通常不会只用其中一种。

小说家马原在谈论虚构时曾说："我说写小说不妨天马行空，但是虚构的前提一定得有'天空'和'马'。"马原没有继续说下去，我想补充说一句，如果说故事是"马"，那么时间应该就是"天空"。时间看似无边无际，但你可以"坐井观天"，也可以翱翔天际，体会运用时间魔术叙事的快感。比如作家余华的《在细雨中呼喊》——我喜欢举他的作品作为例子，因为他的技法是可以学习的；我们阅读作品的时候应该也有这样的经验，有些作家是无法模仿或很难模仿的，但余华是有迹可循的——这样一部小说，人物众多，故事驳杂。余华绝对不会让这部小说完全按照线性时间来进行，他把这些人物的故事分别打碎，安放在不同的章节之中，这样一来，虽然叙述的基调同样是回忆，但叙事就产生了节奏，再加上这部小说中频频使用的预叙述，将时间进行有意识的拉伸调拨，所以意蕴悠长。余华大概很早就领会到小说其实就是时间的艺术："世界是所发生的一切，这所发生的一切的框架便是时间。"这种手艺在马尔克斯那里达到了极致，从而影响了当时的先锋作家群，余华自然不能例外。他在《虚伪的作品》中写道："当我们把这个过去世界的一些事实，通过时间的重新排列，如果能够同时排列出几种新的顺序关系（这是不成问题的），那么就将出现几种不同的新意义。这样的排列显然是由记忆来完成的，因此我将这种排列称之为记忆的逻辑。所以说，时间的意义在于它随时都可以重新结构世界，也就是说世界在时间的每一次重新结构之后，都将出现新的姿态。”基于这样的认识，余华在写作《此文献给少女杨柳》这篇小说时，故意进行了精巧的编排：“我感受到闯入一个全新世界的极大快乐。我在尝试地使用时间分裂，时间重叠，时间错位等方法以后，收获到的喜悦出乎预料……我这篇小说有四大段十三小节，我故意采用1 2 3 4 1 2 3 4 1 2 3 1 2的小节排列，以显示这四段的同步关系。”正是这种用心，让我们可以在《此文献给少女杨柳》中读到这样的句子：“直到八月十四日的下午，他才被推进了手术室。九月一日他眼睛上的纱布被取了下来。于是他知道了八月十四日上午，一个十七岁的少女因车祸被送入了这家医院，她在下午三时十六分时死于手术台上。她的眼球被取出来以后，医生给他施行了角膜移植手术。他九月三日出院以后并没有回家，他打听到死去少女的地址，来到了小城烟。”短短几句话，先后出现了“八月十四日下午”“九月一日”“八月十四日上午”“八月十四日下午三时十六分”“九月三日”等五个时间坐标，这些坐标让整个故事变得错乱，也变得立体，同时将枯燥的直线时间变成迂回有致的曲线时间。

现在大概没有人能够讲得清楚“时间是什么”，但作为一个写故事的人，或者作为浸泡在时间之中的人，若能够对时间保持警惕，能够对时间坚持挖掘，也许能在小说题材上有全新的开拓。电影比小说敏感，编剧早就意识到“时间”这样一个话题容易出戏，但小说一定可以比电影深邃，虚构的语言比虚构的影像更能通往秘境。同时，留意到小说中存在不同的时间，留意到对时间的不同处理会关系到小说的结构，是每一个写作初学者在阅读和写作中不该忽略的一个要点。我们当然没有能力也没必要将自己的小说写得像《追忆似水年华》（说实话，这本书我读不进去），但对于开始学写小说的人来说，对时间问题多一份心思，下笔就会更为自由。

12 如何提高小说的完成度？

在讨论小说的完成度之前，我们来想象这么一个情景：房间里挂着一串香蕉，人们给了猴子一把椅子，猴子懂得用它来摘取挂在空中的香蕉，我们会拍掌叫好，觉得这只猴子真聪明。但假如把一群鸭子关在挂满香蕉的房间里，无论递给鸭子多少把椅子，鸭子只会嘎嘎叫，绝对不会爬到椅子上去摘香蕉。

摘香蕉之于写小说，是个不太恰当的比喻。但这个比喻能很好地说明一个问题，就是小说家写小说和猴子摘香蕉一样，是需要才华和天赋的。如果不具备这个基本的素质，或者不正视写小说的素质问题，我们只能发出一片嘎嘎之声，永远弄不清香蕉在何处，甚至连香蕉的香味都闻不到。

小说家应该是那只猴子。敏锐的小说家拿到椅子，就懂得去摘香蕉，他可以很快就领会到椅子的工具性；而平庸的作家（比如我）拿到椅子，可能需要花上十天半个月冥思苦想，才隐约弄懂椅子和香蕉之间的关系，才隐约闻到了香蕉的味道，才有可能在朦朦胧胧的反复修改中抵达彼岸；至于糟糕的作家，大概只会抱怨叹息，他永远无法在椅子和香蕉之间发现某种联系，他对椅子感到迷惑，他甚至会认为椅子就是小说的目的，进而煞有介事地研究起椅子的结构来。但最糟糕的情况还不是这样。最糟糕的小说家不但不懂去摘香蕉，还不停摆弄椅子，做出各种千奇百怪的姿势，时而扮扮鬼脸，希望引人发笑，时而抬头望天，感慨落泪，最后发出嘎嘎声来，理所当然地宣布自己领悟了小说的真相——我们常常在鸭子的嘎嘎声中，将伸向香蕉的那只毛茸茸的手缩了回来。

在这样空前繁荣闹腾的国度，喧嚣无处不在，但也有安静写作的人，有我们需要用目光追寻的好作家。然而他们中的大多数都非常自信地摆弄手中的椅子，或者夸耀椅子，或者批判椅子。我们也不无悲哀地看到，许多曾经被期待的作家终究成不了重要作家，更成不了伟大作家。重要作家会在摘香蕉的同时，在椅子上跳一支芭蕾舞，伟大作家则会在优雅或笨拙的舞姿中让人类看到自己的极限以及无法挣脱的命运。无论优美还是质朴，他们都形成了属于自己的准确。这种准确是固执的，同时也是宽敞的。

我们无法预料人工智能会在何时来和作家抢夺饭碗，只是我们能隐约知道，同样作为沉浸式体验，很多游戏的效果暂时还没法像深度阅读那样能使人获得丰富的愉悦。当然，游戏在黏度上永远大于阅读。这就意味着写作在新的时代将面临新的挑战。

每个人在变幻莫测的未来面前都会主动或被动做出自己的选择。写作的预设路线也是如此。我相信，在雅俗之间，古老的叙述品质与令人失语的荒诞现实将再次相遇，一种充满想象力的寓言式写作会被激活——我这样说，好像原子弹即将发射一样，其实不过是一只猴子在挥舞一把椅子砸向天空，正在实现往鸭子或狮头鹅方向的进化。反观我自己的创作，作为一个劣质的文字提供商，我写作的自觉是从发现世界的荒谬开始的。发现世界的荒诞，并和这种荒诞和平相处。活在荒诞的现世，粗糙的控诉不是最好的选择，而寓言式写作能节约大量的叙事成本。所以，从2010年开始，我试图建立一个相对完整而封闭的世界，在其中去探讨小说人物在特定时空中的生存感觉。我试图增加与荒诞世界的距离感来获取诗意的颠覆，像王小波等作家所做那样，通过“逆反的逆反”获得另一种自由。但我发现王小波的写作，与当时电脑开始作为写作的工具有很大关系。王小波自称曾中断写作达十年之久，及至他遇到杜拉斯和卡尔维诺，才开始写作。但我以为并不是杜拉斯的作品或查良铮的译笔启发了他的写作，更直接的原因是王小波遇到了电脑。他说他是用自己的编的软件来写作。电脑并非只简单改变他的写作工具（从纸笔到键盘），而是直接改变他的写作方式。阅读他的一些未竟稿，前后比照可以发现，一种“缠绕式”的反复叙述，成为王小波后期创作的一个主要特点。他借之以掩饰自己并不善于讲故事的弱点，同时提升了自己小说的完成度和辨识度。这样的偶然性成就了王小波独特的叙事风格，也让后来的跟风者没有一个能与之比肩。后来我从一个作者变成一个编辑，职业角色的转化让我不自觉地重新审视小说的完成度和辨识度。我逐渐发现，当下的许多写作者（包括一些成名作家），也像我那样一直在提供一些半成品，不断制造一些完成度和辨识度都不高的文字产品。举目四望，我辈皆是蹲在椅子旁边的猴子，而那串香蕉正悬在半空。雷蒙德·卡佛就曾对此深恶痛绝：“在写一部作品时，你如果不把全部的本事都用上，你为什么要写它呢？说到底，一个尽自己最大能力写出来的作品，以及因写它而得到的满足感，是我们唯一能够带进棺材里的东西。”谁不想把全部本事都用上，只不过是在面对半成品小说的时候，往往还不自知地沾沾自喜。

房间里挂着一串香蕉，可惜房间里的人都是卖水果的，吆喝声四起，书店都成了文具店。文学如此小众，那些认真写字的猴子，站在人群里，浑身毛茸茸，如果还不能姿势优雅地摘下一个香蕉，那就真的太对不起那些白眼了。

如何提高小说的完成度？这样一个问题其实是非常笼统的，相当于问我：一篇小说如何修改？但一篇小说的问题何止千万种，每一种问题又可能有若干修改方式，所以这几乎是一个无解的问题。但有时候自己瞎改反而会越改越坏，一些专业的建议是非常必要的。余华在一次演讲中谈到他修改《在细雨中呼喊》的过程，那也是充满了艰辛：“这是我的第一部长篇小说，我在写作的时候自己觉得前面一半写得不错，后面一半就不自信了，当时心想也许《收获》觉得后面一半也不错，就坐上火车去了上海，拿到《收获》杂志编辑部去。这部小说跟你们现在读到的版本不一样，前一半还是一样的，后一半完全重写了。”在《收获》编辑部给出了专业的修改意见之后，余华不仅仅是进行修改，而是采用壮士断腕式的重写，这需要太大的勇气了。“1991年的夏天和秋天，我在嘉兴重写《在细雨中呼喊》下半部分，当时进入状态了，自信也回来了。”当你有勇气否定自己不自信的那一部分，自信也就回来了。我们再回顾余华的这段演讲，可以看到他在写这部长篇的后半部分时就已经感觉不对劲了，而杂志编辑的专业意见只是印证了他的这种创作直觉。余华拥有准确的直觉其实就是才华使然，许多作家更多时候无法产生这样的直觉，完成一部作品之后，他对自己的创作并没有一个明确的判断，并不知道哪一部分写得好，哪一部分写歪了。有可能是因为当局者迷，需要外部的专业意见；也有可能需要时间，放一放，也许一切就明朗了。

我们也可以看看前辈们是如何解决这个问题的，比如海明威，他的做法是用铅笔写："学会写作之后，你的全部目标就是把每一件事情、每一种感受、每一道风景、每一个感觉、地点和情感向读者表达出来。要做到这些，你必须一遍遍地修改。如果你用铅笔书写，那就有三次机会来看看读者能否按照你的意思去理解它。第一次是在你通读作品的时候；第二次是用打字机打出来之后，你有机会改善它；第三次是在印刷出来的样本上。先用铅笔写能给你多出三分之一完善作品的机会，也就是0.333。这对一个击球手来说，是绝好的平均数，它还能让作品更加流畅，以便你更加容易做出修改。"海明威说用铅笔写，用意是为修改预留余地，因为以前的打字机，基本是所打即所得，不可修改，但这个问题，我们现在的电脑基本上可以解决。所以重新理解一下海明威的说法后，我的做法是将电脑里的小说给打印出来，在纸上修改，这样往往能看到在屏幕上忽略的问题。

除了在纸上修改之外，另一个经验大家应该都知道，就是要将写完的作品多放放。海明威在给他的编辑的信中提到冷却期："如果可能的话，《永别了，武器》就先到此为止，过两到三个月再修改。一旦写好，不到六周或者两个月的时间就能修改好，但是对于我来讲，修改之前冷静一段时间特别重要。”一般刚写完，你往往会觉得自己终于写出了最重要的作品，非常渴望别人能阅读，非常渴望得到认同，认为可以一鸣惊人。这个时候你甚至无法接受任何人对这部新作的批评，但慢慢的，时间会告诉你，你只不过写了一部介乎于很牛和很傻之间的作品，而唯一能让它不那么傻或者有点牛的方式是把它放一放，再老老实实去修改它。

在此期间，你可以听取一些人的意见和建议，但不要盲从。对此马克·吐温是这么说的：“当你认为你正在校对稿子的时候，其实你只是在读自己的想法；你对事情的描述充满了自己意识不到的漏洞和空白，因为你在读的时候是用自己的思维去填充它们。有时候——但是不经常——打字校对员的校对会帮到你——也会冒犯你。冰冷的符号写在空白页上，你找到那一段，发现这个无礼的家伙是对的——那个符号没说下面那句话，只是你认为它说了：煤气装置都在那里，但你并没有点着喷嘴。”别以为马克·吐温这里说的打字校对员是一些外行，也别迷信什么白居易会将自己的诗读给老妇人听，让她提意见之类的传说，那时候的打字校对员应该相当于现在的专业读者。也就是说，最适合提修改意见的人，除了专业编辑和同行作家之外，就是那些有过广泛阅读经验的读者。视野决定了作品的修改意见，也左右着作品修正的方向。马克·吐温所说的“冒犯”，大概就是旁观者让你割舍一些你本来认为非常重要的东西。比如爱尔兰小说家罗迪·道伊尔就是这么描述修改文章时的纠结心理的：“思路不清的内容、极具标志性的内容、糟糕的写作，这些都可以删掉。但是最难删除的是在小说或故事中没有很大用处的好文字。删掉这些内容总让人感觉是一种遗憾，但是这样做的时候，我感觉是在做一件对的事情。”毕飞宇在他的《小说课》这本书中谈到了他写作《玉秀》的过程，在与《钟山》杂志编辑贾梦玮谈过之后，他毅然决定删掉小说的结尾部分，手段堪称残忍：“在一部小说的内部，有它完整的运行系统，没有一个部分是真正独立的。写过小说的人一定会同意这样一种说法，修改小说的结尾，有时候会修改到小说的开头。回家之后我打开了我的电脑，我找到玉秀发现自己怀孕的那个部分，然后，拉黑，一直拉到小说的结尾。我几乎没有犹豫，一点鼠标，删了。我知道的，在这些地方我必须铁石心肠。不能犹豫。一旦犹豫，我就彻底失去了勇气。删了，没了，找不到了，心里头反而踏实。”我想，你如果也写小说，看到这样的表述，一定会心一笑。几乎每一个作家都必须经历这样的残酷现实，将原来的文字推倒重来。当然，我还不够决绝，我劝大家别太冲动，那些删掉的好句子，你也不要就此丢掉了。如果真有闪光的句子，完全可以复制下来，将其放到另一个文档中储存备用，不要浪费。这里涉及一个文章“砖瓦”回收的问题。我一般会在电脑里建一个文件夹，名字就叫“砖瓦”，专门回收一些没派上用场的灵感。当然，至今它们也没产生任何价值。

你须注意不要过度修改，千万别忘了你为什么要写这部作品，别忘了你的出发点是什么，要死死保护你的核心。别去迷信什么“早上添加一个句号，下午又把句号删掉”这样的传说，那是高手干的事情；作为“低手”，你应该权衡的是小说的情感逻辑是否可靠，叙事节奏是否紊乱，人物塑造是否有突兀的地方，对话是否啰唆，背景的交代是否有硬伤……诸如此类的问题已经够你忙活了。很多新手会在晕头转向的修改中把一部原本还过得去的作品修改得面目全非，回头看看还不如第一稿，原因就是补漏的过程让他迷失了方向，忘记了最初为什么写这部作品。所以对于创作来说，也讲究“不忘初心，方得始终”的。这里头有一个必须注意的点就是，一定要给作品保留一些空间，允许其存在模糊的边界，甚至出现多解的情况。所谓“模糊的边界”并不是说写得不清不楚，而是要在必要的时候人为地预留一些阐释的空间，不要把所有角落都描得清清楚楚。D.H.劳伦斯就不喜欢方式单一的写作：“如果一本书被彻底看穿，一旦它被理解，它的意义被固定和确立，这本书就死了。一本书只有在能够感动我们，而且以不同的方式感动我们的时候才有生命；只有我们每次阅读都有新的感受，它才是活生生的。”卡尔维诺在定义经典作品的时候也提出经典作品必须经得起反复的重读。这应该是经典文学耐读的重要秘诀——提供一个房间，而没有必要给这个房间的每一件家具都贴上纸条。

当然，也不是说创作的“初心”就一定不能修改。列夫·托尔斯泰写《安娜·卡列尼娜》，托马斯·曼写《魔山》，都经历过“初心”的变迁。列夫·托尔斯泰最初是想批评当时社会的腐糜，写一个荡妇如何堕落，但安娜死的时候他却泪流满面，失魂落魄。《魔山》完稿之后也没有托马斯·曼预期的幽默，更是从一个中篇扩展为一部巨著。作家总是从出发的时候起就不断修正自己的目标和轨迹，所以这是一种看不见的“修改”。这样的修改不是发生在文本生成之后，而是伴随着文学生产的发生而发生。但无论如何，故事的起点显得非常重要。福克纳就曾交代他写《喧哗与骚动》的起因：“最开始是大脑中的一幅图片。当时，我没有认识到它的象征性。

画面是梨树上的一个小女孩，她的裤子后面满是泥巴。透过窗户，她可能看到祖母的葬礼正在里面举行，然后她把所看到的告诉地面上的兄弟们。当我想要解释清楚他们是谁、在做什么、她的裤子是怎么弄脏的时候，我意识到一个短篇小说是不可能说清楚的，我必须得写一本书。”福克纳显然比托马斯·曼更具有直觉，他在灵光一闪中已经意识到笔下故事的长度。但更多的人会错误估计一个故事的容量：很多人会将一个长篇的容量先写成一个中篇，比如余华的《活着》发表在刊物上时是一个七万字的大中篇，后来才修改成小长篇的；而有些作者则会将一个中短篇的量错误估计为长篇，结果当然遭遇失败。而且这样的失误，可能也不是通过字词的修改就能够弥补的。契诃夫不但提倡修改，而且提倡在落笔之前想清楚：“写一个短篇小说，你需要五六天的时间，在这几天里你必须每时每刻都想着它，否则你永远写不出好句子。在下笔之前，每个句子必须在脑子里先待上两天，安静地躺在那里，慢慢变得有分量。毋庸置疑，我懒得思考自己的写作规则，但是我确实要将此推荐给作家们，因为我亲自体验了这个方法所带来的好处，而且知道所有真正的艺术家的原稿都是一团糟，上面满是删改和纠正的痕迹，好像一个拼接物，有划掉的，有插入的，当然那些插入的内容本身又被划过、删过。”可见“好文章都是修改出来的”这句话其实应该有下半句，就是“坏文章都是修改不了的”，俗称“死棋”。

漫长的修改总是让人不耐烦的，这也是在考验一个人的心性。我有一个中篇，就曾断断续续修改过两年，其难度不亚于重写两篇新的。但我常对自己说，修改就是一种修炼。只有经过不断的修改，你才能越来越看清楚自己的缺陷所在；在下一次启程的时候，才能避免犯同样的错误，走进相同的盲区。最后用乔治·奥威尔的话来结束这一问："作家都是自负、自私和懒惰之人，他们的写作动机，依然是一个谜团。写一本书耗时颇长，让人精疲力竭，内心充满挣扎，就像身患一种非常痛苦的慢性疾病。如果不是被一个他们无法抗拒也难以理解的魔鬼驱使着，谁也不会做这样的事。"大概，愿意对自己的作品下狠手修改的作家，都应该是能与魔鬼同处一室的人。

13 如何让读者产生故事代入感?

优秀的小说家都是造梦师，他们会在小说中制造星星月亮，制造悲欢离合，制造胜利和复仇的快感，也制造衰败和屈辱的冤案，为的就是让每一个读者能够在作品之中看到自己。所谓产生代入感，在我理解里，就是读者能感同身受，能相对放松地将自己的感官投放在故事中，说通俗点，就是我们经常说的“入戏”。受众不入戏，你演得再精彩，筋斗翻得噼啪响，舞刀弄枪满头大汗，也都是浪费力气。

当然话说回来，是不是代入感强的小说就是好小说？不是的，但代入感强的故事总是好故事。故事不等于小说。有一些小说并不依赖于故事的代入感，甚至会故意制造难度，与读者的阅读习惯做斗争，使人物符号化或没有人物，读者的感官在小说中根本无法找到栽种的地方。换一种说法，故事在小说中的不同比例与形态，会使小说在实验性和通俗性之间铺开不同的道路，故事性越强，越容易为读者所接受。

我个人的经验是，初学者没必要故弄玄虚，故作高深，非要将一部小说写得谁都看不懂，还是应该老老实实地写，学会如何讲好一个故事。虽说真正的好作家都是不挑故事的，他们总能够在最平凡无奇的地方修建最漂亮的建筑，总能够在沙漠之中栽种出花朵，好作家并不会因为没有好题材就被废除了武功；但初学者会。在我看来，好小说应该是不排斥故事的，一个好故事能让一部好小说更加灼灼生辉。要讲好故事，那么你要懂得一些讲故事的基本技巧，比如悬念的制造与人物能量关系的设计，又比如代入感的形成。

土耳其作家奥尔罕·帕慕克在《纯真博物馆》这部小说出版以后收到很多读者来信："帕慕克先生，这一切真的都在你身上发生过吗？帕慕克先生，凯末尔就是你吗？"就连他的好朋友，有一回跟他聊天的时候，两人走到特斯维奇耶清真寺对面的一幢公寓楼前突然停下来，因为他的朋友也以为他搬到这里来了："我根据你的小说判断，主人公凯末尔和他的母亲就住在这里，我在无意识之中一定相信你和你母亲也搬来这里了。"

这就是高级造梦师造出来的梦境，竟然能让人信以为真。帕慕克在《天真的和感伤的小说家》中这么解释道："做梦的时候，我们以为梦境是真实的。这就是梦的定义。阅读小说时，我们同样以为小说是真实的——但是我们心里也明白这种想法纯属虚妄。这种悖论源自小说的属性。我们在此强调指出，小说艺术依赖于我们可以同时相信两种矛盾状态的能力。"帕慕克所说的信以为真和明白虚妄，所指的应该就是作品与现实世界之间关系的一个设定协议。

在我看来，这是读者产生代入感的一个因素：小说的设定协议。

我有一次去参加一个教育论坛，会上一位老先生提出这么一个问题：中国文化的没落与我们孩子的阅读有莫大关系。这位老先生是这么说的："外国小孩从小都读《白雪公主》《灰姑娘》等温暖的童话故事，在这样的文化环境中成长起来的孩子富有同情心，追求真善美；而中国的孩子读四大名著，四大名著中《三国演义》《水浒传》《西游记》都是打打杀杀，里面的英雄无不是杀人魔王，关羽、李逵、孙悟空，哪一个不是杀人起家的，哪一个不是抡起刀枪棍棒就打的，剩下一部《红楼梦》不怎么杀人，却是讲家族悲剧、三角婚恋的。"老先生的结论是，在一种杀人不眨眼的文化之下，很难产生有真善美追求的文化。

这样的观点粗看成立，但细想你就会发现不对。这样的立论忽略了在文学创作中作家与作品、作品与世界、作品与读者之间，其实存在一种看不见的协议。从大处讲，这种协议在戏剧中表现得比小说要直观，在我们古老的京剧中，挥一挥马鞭就是千军万马，一个转身就是千山万水，木头做的兵刃刺到腋下也能使人一命呜呼。也就是说，中国文学中一直存在着一种游戏精神，作家通过它的作品与读者签订了一种协议，就是在这里杀一个人或者消灭一支部队，仅仅为了引起相关的情感，完全可以在法律和道德上免责。可以说，这样的隐形协议是所有文学的基础。作家通过协议得以建立各种文学模型去表现自己心中的喜怒哀乐和对世界的深邃认知。甚至，伟大的作品正因为它的伦理矛盾和多元价值并存而更显得魅力无穷。比如托尔斯泰的《安娜·卡列尼娜》，假如用现实的伦理去评判，安娜这样一个女人简直一无是处：抛夫弃子跟情人私奔，病危之时回到丈夫身边，祈求丈夫的原谅，丈夫原谅她了，结果病好之后她又继续跟情人私奔。但读完小说你并不会咒骂安娜，你甚至会觉得她真值得同情，她对纯洁爱情的追求是多么令人敬佩。我们会允许与现实道德伦理相悖的另一种道德伦理存在于作品之中，这其实取决于作品暗含的协议。作品越靠近于现实，那么就会被要求有更多与现实相符的道德伦理；而如果作品趋向于虚构的时空，那么作品中的道德逻辑会相对宽泛。你不能要求孙猴子三打白骨精的时候还考虑人权问题，或者考虑对方是不是国家保护动物。总而言之，对于文学作品而言，读者的观念坐标并不是恒定不变的，它随着文学协议的不同而发生变迁和变异。这种变迁变异有利于建构新的叙事模型，生成有利于作者多维表达的新坐标。就是在这样不断的迁徙之中，真实和虚构的边界得到了充分的讨论，在时间中形成了新的轮廓。

对于错综复杂的叙事结构和多元的价值体系让矛盾得以并存的情况，读者并不会反感；读者反对的是自相矛盾的设定，反对的是逻辑不严密的设定。比如你的设定将人物所处的世界等同于现实世界，那么你就要严谨按照现实世界的所有逻辑去进行细节的铺设。对此作家王安忆有很好的概述，她说："小说不是现实，它是个人的心灵世界，这个世界有着另一种规律、原则、起源和归宿。但是筑造心灵世界的材料却是我们赖以生存的现实世界。"她认为托尔斯泰筑造心灵世界时使用的是最巨大结实坚固的建筑材料，因此托尔斯泰的心灵世界是广阔和宏伟的。随着对于小说的钻研渐渐加深，小说家会更加迷恋扎实的手艺。王安忆的小说耐心十足，总是不厌其烦地将人物立足的每一片土地都描摹出来：他们何以为生？他们有何喜恶？现在年轻的小说作者，很少有人能这样耐心地去凝视，这样不计成本地去描摹。这是黑胶唱片时代和音乐播放器时代的差别，世界或者说物的仪式感在慢慢消失，年轻的作者和读者都不敢和不愿放弃对语言快感的追寻。然而，小说细节的铺设，小说物质外壳的构造，往往取决于作者对诸多焊接点的处理。处理得好是纽扣，处理不好是补丁。当然，一些补丁是可以通过修改将之成为纽扣的，但大部分焊接点的处理应该是天然的，落笔了，就想改都改不了。所以王安忆这样说："我年轻的时候不太喜欢福楼拜的作品，我觉得福楼拜的东西太物质了，我当然会喜欢屠格涅夫的作品，喜欢《红楼梦》，不食人间烟火，完全务虚。但是现在年长以后，我觉得，福楼拜真像机械钟表的仪器一样，严丝合缝，它的转动那么有效率。有时候小说真的很像钟表，好的境界就像科学，它嵌得那么好，很美观，你一眼看过去，它那么周密，如此平衡，而这种平衡会产生力度，会有效率。"如果一部小说之中存在多个协议，或者协议前后矛盾，关公战秦琼，读者一定会感到不适，那么你造的梦也就容易破碎，梦中的陀螺也就会停转倒下。

如果能一开始就明确小说的设定协议，想清楚自己笔下的人物会处于怎样的一个世界，再严丝合缝地铺设好小说的细节，那么读者的代入感就会随之产生。除此之外，决定代入感的因素，还有小说的情趣、情节的障碍和人物克服障碍之后有何收获。

关于小说的情趣，它强调无论是小说的人物还是小说的叙述者，精神世界必须好玩，必须拥有最基本的真诚，比如拥有一些共通的情感。《兰亭集序》说："每览昔人兴感之由，若合一契，未尝不临文嗟悼，不能喻之于怀。"又说："后之视今，亦尤今之视昔。"同理，小说之中的人物，总是会碰到一些人类的共同困境，从而引发读者产生共鸣。

而刚才所说的人类共同困境，也就是情节铺陈之中的障碍所在。这些障碍或者矛盾，总会迫使人物面临各种各样的选择，从而必须做出各种各样的决定。这些选择，往往也是读者在他的现实生活和精神世界中总是会面临的。为什么《雪山飞狐》的结尾，胡斐那一刀究竟砍还是不砍会让整个香港都议论纷纷，除了前面的情节铺陈引人入胜之外，更重要的是人物面临的这种十分纠结的选择，也是许多读者的纠结所在。读者自然而然会代入进去：如果是我面对那样的选择，该怎么做?

作者让笔下的人物不断面临选择，做出决定，付诸行动，然后必须让人物有所收获。唐僧师徒每一次斩妖除魔之后，都必须有新的提升，获得新的经验，进入下一个难关，这就是收获。人物在故事中必须有可以把握的性格，作者应让种种性格获得成长，让它去影响人物的命运走向。

除了设定、情趣、障碍、收获之外，影响代入感的，还有小说叙事人称的选择，那么人称选择对故事的叙述有什么影响呢？哪一种更具有代入感呢？我们下一个章节继续。

14 写小说选择第几人称比较好？

这个问题非常复杂，牵涉到视角和叙述者等方面的理论。但今天我们暂且将这些理论放在一边，而从阅读和写作的一般经验来讨论。

第一人称、第二人称、第三人称，在进入故事的时候各有优劣。我们见得比较多的是第一人称和第三人称。以第二人称“你”作为叙述者的小说也有，但比较少见，原因是这样讲故事就会将叙述的锋芒指向读者，像有一个人站在书里，指着你的鼻尖说你做了什么事。这样的叙述方式表面看起来好像是拉近了与读者的距离，但实际上反而让读者感觉不安全，从而削弱了代入感。我们会在一些小说里头看到作者有时候会蹦出来指指点点，发些议论，这已经会在一定程度上减弱叙述所创设的气场，让本来应该获得信任的东西变得不可信。总体上作者脱离叙述者蹦出来的情况，读者还是能接受的。但如果叙述者指着读者的鼻尖：“你走进蛋糕店，里面有香气扑鼻的蛋糕；你拿起蛋糕，走向收银台。”你阅读的时候其实是有一种背离感的，如果将“你”换成“我”或“他”，就会舒服很多。第二人称的叙事将读者放到同人物角色平等地位，促使读者进行创造性解读，从而产生与“作者共谋”的艺术效果。所以第二人称适合用于比较特殊的场景，比如我有一篇小说《心灵手术刀》就大量使用第二人称，因为这是一个诡异的凶杀故事，我希望营造一种特别的气氛。而且第二人称叙述不适宜用于篇幅比较长的小说，你很难想象一部几十万字的小说全部用第二人称来写，那很多读者会排斥乃至崩溃。

至于第一人称和第三人称，他们其实是有交集的。比如青春叙事，作者为了掩盖内心的隐秘想法，故意将第一人称转化为第三人称，让叙述更加安全。其实将第三人称全部变成“我”，并不会妨碍故事的进展。有人说第一人称方便心理描写，能够很好反映人物内心的声音。但第三人称也是能够做到的，人物内心在想什么，你只需要直接表达就可以，读者会自然靠拢过去。

总结起来可以说，若使用类似上帝视角那样的“万能视角”只能使用第三人称，但有一定视角限定的第三人称，在叙述功能上其实等同于第一人称。很多人使用第三人称，只会在特定的某个人身上安放镜头，主角走到哪里，镜头才拍摄到哪里，对于主角没有到达的地方，叙述者并不会安放更多的摄像头。镜头拿在叙述者手里（“我”）跟镜头对着主角（“他”）看到的东西其实一样多，在这种情况下，第一人称与第三人称几乎等值，选择哪一个来写故事，更多视乎作者的写作习惯。我发现，喜欢用第一人称的，就一直会用第一人称，比如王小波，他的小说基本都是第一人称，或者会在故事中安插一个手持摄像头的第一人称人物（类似第三人称，如“我的舅舅”）；而金庸则更喜欢用第三人称，你很难想象他若将郭靖换成“我”故事会变成怎么样（通俗小说通常是第三人称，方便看到更开阔的地方）。王小波在他的一些小说里头，甚至经常将“我”和“他”混合使用，时而用“我”，时而拉开距离变成“他”或“王二”，这是一种故意打破故事内外的做法。但能不能说先让第一人称拿着镜头，拿累了再让第三人称来拿镜头拍摄主角？答案是否定的。在故事开篇，你就必须做好人称的选择，中途突然撤换人称，弄不好就会将手里的摄像机摔坏。

在故事的开头设置好人称，就牵涉到故事如何开始，以及故事构思的成熟度。还是讲讲我的经验，我写小说有两种模式：一种是先进行整体的构思，依照写作计划逐步向目标前进；另一种是抓住使我产生灵光的一个场景、一件物品、一张相片、一个句子……甚至仅凭一个题目就提笔开始写，然后逐步将故事收拢。这有点像两种旅行的方式：一种是做了详细的攻略，订好机票、酒店、一切行程才出发；另一种则是背上背包就出门了，只有一个大致的方向，也不知道自己会走到哪儿。第一种强调控制，第二种强调机变。有时候真的很难评估两种写作模式的优劣，因为它们所遭遇的写作难度往往是相等的，别以为想清楚了一切就是最完美的，有时候就因为你想得太清楚，所以什么都没捞到，只是呆板地到达目的地，拍照撒尿，然后就回来了。没有什么比一个平庸且中规中矩的故事更糟糕的了。如果可以作出取舍，我宁愿要一篇有缺陷的好玩的小说，也不愿意轻车熟路写一个毫无惊喜的故事。理由是，小说本来就不等于故事，小说需要有足够的意外来完成小说本身。有时候小说看起来仿佛与故事重叠在一起，不分彼此；但有时候并不尽然，一个有野心的小说家总会在不经意间让一个故事变成小说，有时候甚至不惜破坏故事的某些经脉，让它呆滞、断裂、行动不便。

假如小说的构思成熟，那么是选择“我”还是“他”来讲述故事，主要取决于故事的复杂性。如果故事有多条线索，需要多个场景，非常复杂，则需要第三人称来叙述；如果相对简短，则可以自由选择人称。更多情况下，你笔下的故事是一个没有充分构思的故事，那么这个时候，选择的原则，一个是看写作习惯（这跟作家个人的写作风格密切相关），一个是看故事中的主角是自始至终存在于同一个场景中，还是需要分头行事（线索问题）。如果仍然无法判断，那么就看你写作这个故事的出发点，是否出于一种非常主观的强烈感情，如果是这样的，建议用第一人称，更建议想清楚再动笔。

我有一个故事，就因为人称选错了而留下了遗憾。这是我2012年的一个小中篇《你所不知道的》。这篇小说里有许多人物，每个人物都有故事，人物不断在行动，本身线索比较复杂。写作这篇小说的时候，我采用了想到哪写到哪的模式。我让一个心情不好的男人在火车上与一个活泼的女孩相遇。我心里反复在琢磨这个相遇的瞬间，它充满了无限的可能。原先的构思，是想将这两个人物分成两条线索，沿着两个人物去探寻他们各自背后的故事，让两个完全不同世界的人在多个时间点上实现一种交汇。我的设想是多么完美，但渐渐地，我发现故事并不顺利，男人的线索越来越重，他背后的故事太多了，与他相关的人物的故事盘根错节。但女孩呢，我几乎无法将我想要的东西展开来。我想让她更丰富，我想表现她所处的世界，她的富裕、她的孤独、她的个性，但都无从下手。

于是，这个贸然出发的小说历经了多次修改裁剪。我开始后悔采用这样随心所欲的写法去展现故事，甚至对自己操控故事的能力产生了深深的怀疑，最后我不得不用比这个小说现有的文字多出数倍的文字量来完成它。这是沉重的代价，因为多余的文字都被删掉了。

我一直想不清楚问题的症结所在，一直到某一次我在溪水之中游泳，突然想到我的小说结构其实应该属于双线结构，也就是男人一条线索，女孩一条线索，而我却十分笨拙地使用了第一人称限制视角的写法，这本身就是矛盾的。在双线之中以一个主人公“我”的视角，无论如何也看不到另一主人公“女孩”的生活。所幸故事最后被我用貌似聪明的办法粘连了起来，但属于小说的那部分特质因为需要照顾故事的完整而失去了许多味道。

我的许多小说几乎都带着这样或那样的遗憾，这些遗憾成为我小说之路上的学费。作为一个小说的学徒，我乐意支付这样的学费。我常常会想，如果我以女孩为第一人称再写一个姐妹篇，也许故事就彻底完整了，我一直欠故事中的女孩一次惊心动魄的绑架事件和一个品尝红酒的场景——我其实已经写了这个场景，但因为它阻碍了故事的发展而被迫删掉了。在讲故事的人和听故事的人之中，故事形成了一个相对封闭的气场，摄像头可以对准小说中任何一个人物，也可以拿在任何一个人物手里，有时候还可以对准讲故事的人或听故事的人拍摄，这让我们的选择非常艰难。但也因此，小说的旅程如此变幻莫测，充满变数，只有在风和日丽的下午才有足够的智慧来看清它的美好。

15

小说中如何写好对话?

今天我们一起探讨的是小说写作中最难处理的部分——对话描写。最开始写小说的人，都会觉得对话是最容易的，不就是你一句我一句，像平时说话那样照录下来就好了。所以我们可以看到很多网络小说，为了凑字数，经常好几页全部都是对话，你说我说他说，再我说你说他说，事无巨细都写出来，很容易就凑够一章。所以我那些写网络小说的朋友特别喜欢写对话，给一个场景，然后就是无穷无尽的对话，要是离开对话，他们根本就无法写下去。

不单今天的通俗作家喜欢运用对话，多年以前，我们的前辈们就发现对话具有无穷的魅力。对话，就意味着故事里存在两个以上的人物，一个人物是无法对话的，那叫独白。只有两个或两个以上的人物组成一个固定的场，才可以形成各种互动。同时，他们很快就发现，对话在叙事文学中具有非常丰富的功能：它既可以展现人物性格，又可以交代故事背景；既可以酝酿各种矛盾，又具有延展情节的作用。也就是说，通过对话，叙事文学可以完成人物塑造和情节铺陈，这也是戏剧早于小说成为主流文体的原因。

写故事的人知道叙事文学离不开场景，而场景总离不开对话。对话为小说场景提供了一个天然的容器，让各式各样的人物都发生交流。所以小说对话的发端，本来就是台词或对白，就像莎士比亚戏剧中的剧本一样，你一句，我一句，他一句，再通过简单的旁白交代，那些原先存在或发端于神话、寓言、童话、史诗之中的短故事，便从点和面慢慢具有血肉，变得立体了。

所以似乎可以这么说，在传统叙事文学中，对话就是一个容器，拓展了故事的时空。如果理解了对话在叙事文学中所扮演的角色，你大概就能理解为什么那么多作家钟情于对话，又为什么有那么多作家栽在对话上面。比如列夫·托尔斯泰就曾指责莎士比亚，说他作品之中无论是车夫还是国王，都是用同一种腔调在说话，都是奢华而典雅、带着贵族气息的，显得多么矫揉造作。在莎士比亚时期，戏剧本来就是高于生活的，对白也总要不停释放出名言警句：

罗森格兰兹：殿下，你把那尸体怎么样啦？

哈姆雷特：它本来就是泥土，我仍旧让它回到泥土里去。

罗森格兰兹：告诉我们它在什么地方，让我们把它搬到教堂里去。

哈姆雷特：不要相信。

罗森格兰兹：不要相信什么？

哈姆雷特：不要相信我会说出我的秘密，倒替你们保守秘密。而且，一块海绵也敢问起我来！一个堂堂王子应该用什么话去回答它呢？

罗森格兰兹：您把我当做一块海绵吗，殿下？

哈姆雷特：嗯，先生，一块吸收君王的恩宠、利禄和官爵的海绵。可是这样的官员要到最后才会显出他们对于君王的最大用处来；像猴子吃硬壳一般，他们的君王先把他们含在嘴里舐弄了好久，然后再一口咽了下去。当他需要被你们所吸收去的东西的时候，他只要把你们一挤，于是，海绵，你又是一块干巴巴的东西了。

罗森格兰兹：我不懂您的话，殿下。

哈姆雷特：那很好，下流的话正好让它埋葬在一个傻瓜的耳朵里。

上面这段对话，哈姆雷特满口金句，这是戏文，如果不这样，我们反而觉得不够精彩。无独有偶，王朔也曾经说金庸武侠小说里的人物都用一种文绉绉的口吻在对话，跟人物的身份一点都不搭调。我们都明白，什么人什么身份什么地位就会说什么话，但在小说之中，要不要这么要求作家？作家要不要让他笔下的人物说话符合他的身份？一个保姆，能不能像一个办公室主任那样说话？作家能不能给他笔下的所有的人物同一个腔调？——这些问题的答案似乎是不言而喻的，但你会说，这太难了。是的，这是非常困难的。不同的人在不同的情景之中，会扮演不同的角色，会说不同的话，这是对话的难点之一。所以为什么沈从文对如何写人物有一个“一字诀”：贴。写好小说，写好人物，要“贴”，贴着人物的性格和生存环境，贴着具体的情景去写，人物才不会飘起来，不会说出让人大跌眼镜的话来。不贴合人物的对话放在文本之中，有时候还不太显眼，但如果细心留意今天的影视，比如之前的电影《赤壁》《刺陵》《无极》《满城尽带黄金甲》等，真是笑点多多，很多人物在说一些本来不属于他们的台词，别扭得让人抓狂。

诸如网络文学之中为了凑字数的对话，或者上面提到的烂电影的对话，严格来说，只能算是对白或台词，与严肃文学中的对话是有区别的。通俗文学通过对话获得了更多的叙事空间——大家留意一下就可以发现，对话越多的作品，其实会拥有更多的读者，更容易接近通俗。因为读者都是有惰性的，他们拿到一本书的时候想到的是尽快读完它；如果太难读、太隐晦，连对话都得停下来想想是什么意思，他们一般就会放弃，不再继续读下去了。但是我们评判一部小说的优劣时，最不愿意看到的是作家对生活的妥协；相反的，优秀的小说的价值恰恰就在于小说对现实的拒绝。或者说，优秀的作家模仿生活，而伟大的作家发现了另一种生活，作家在对现实的挖掘之中发现了一种不确定性。“不确定”这三个字，几乎可以成为许多优秀作品的共同特性。

正因为如此，许多小说之中的对话的作用，除了上述塑造人物和拓展情节之外，往往更多地为读者理解文本设置了必要的障碍。为了说明这个观点，我们有必要举一些例子来帮助我们理解。

我们先从海明威非常有名的短篇小说《弗朗西斯·麦康伯短促的幸福生活》开始，很多人都用这个小说来谈对话的写法，我在一次讲座里也用过它。故事很简单：麦康伯和妻子玛戈到非洲打猎，职业猎人威尔逊受雇跟他们一起打猎。麦康伯是个胆小鬼，玛戈一直瞧不起他，威尔逊内心也是，只不过他必须陪着雇主。打猎的时候，麦康伯被一头狮子吓得发疯似的逃跑了，而威尔逊却显露出职业猎人那种镇静和高超的猎杀技巧，杀死了狮子。麦康伯从睡梦中醒来，发现妻子不在身边，等了两个钟头她才回来。原来妻子跟威尔逊偷情去了，这换作谁都受不了，但麦康伯在这事情上也是窝囊废，他几乎是祈求地说，你不能再干啦。第二天，他们去打猎，麦康伯神奇地找到了勇气，或者说是赌气，他甚至对漏网的野牛穷追不舍，威尔逊看到了麦康伯短暂的勇敢。在猎杀时，野牛向麦康伯冲过来，麦康伯沉着射击，在眼看野牛要冲到麦康伯眼前的时候，玛戈开枪了，她打死的不是野牛，而是她自己的丈夫。她也许是误伤，也许不是。故事最后，玛戈在哭，威尔逊不停跟玛戈说话，而玛戈一直只说一句话："别说啦。"就这么一个故事，线条很简单，非常符合海明威的"冰山理论"。我们先看妻子玛戈出去偷情回来之后跟丈夫的对话：

两个钟头以后，他的妻子走进帐篷，撩起蚊帐，舒适地爬上床。

"你上哪儿去了？"麦康伯在黑暗中问。

"唷，"她说，"你醒了吗？"

"你上哪儿去了？"

"我刚才出去呼吸一下新鲜空气。"

"你干的好事，真该死。"

"你要我说什么呢，亲爱的？"

"你上哪儿去了？"

"出去呼吸一下新鲜空气。"

"这倒是这种事的一件新鲜名称。你是一条骚母狗。"

"唔，你是一个胆小鬼。"

“就算是吧，”他说，“又怎么样呢？”

“拿我来说，没什么。可是请别跟我说话，亲爱的，因为我很困。”

“你认为，我什么都会忍受。”

“我知道你会的，亲人儿。”

“嘿，我受不了。”

“亲爱的，请别跟我说话吧。我困得很哪。”

“不能再干这种事啦。你答应过不干了。”

“唔，现在又干了。”她柔情蜜意地说。

“你说过，咱们要是这次出来旅行的话，绝不会有这种事情。你答应过。”

“不错，亲爱的。我是这么说过的。不过，这次旅行在昨天给毁了。咱们不必去谈它吧，好不？”

“你只要有机可乘，真是一刻也不等啊，对不？”

“请别跟我说啦。我很困，亲爱的。”

“我要说。”

“那么，别缠我，因为我快要睡着了。”接着，她确实睡着了。

如果是你，你会怎么写一个懦弱的丈夫与偷情回来的妻子的对话？海明威是这么推进的：丈夫没有发脾气，而是追问妻子“上哪儿去了”。“上哪儿去了”这个非常重要，也就是丈夫在求证。妻子说是出去呼吸一下新鲜空气——这是多妙的说法，偷情嘛，就是尝鲜。丈夫很快就指出这是“新鲜名称”，又指出她是“一条骚母狗”，答案已经很明显，丈夫在告诉妻子，我知道你去干了什么。妻子反击，一下就击中要害：“你是一个胆小鬼。”丈夫想证明自己无法忍受妻子这样的行为，但他甚至都不会发脾气，他的话语显得多么无力。而妻子后面就只强调自己“很困”。这种“很困”也在暗指刚才偷情的激烈，这里是否还暗含着麦康伯在性事上的无能，我们只能做一些推测，至于真相，我们不得而知。丈夫没有怒火，只跟妻子谈承诺：“你答应过。”但妻子明确告诉他，这个承诺从昨天打猎的时候麦康伯逃跑那一刻就被打破。

就这样，偷情和逃跑有了关联。麦康伯发现自己要改变这种现状，要赢得妻子的心，他就必须要勇敢，所以他要去打野牛。打野牛的难度不亚于打狮子。麦康伯想证明什么，他勇敢地面对那头扑向他的受伤的野牛，也因为他已经别无选择。但这时候妻子的枪声响了，她在丈夫背后开枪，也许是想帮助丈夫打野牛，但她打中的却是丈夫。如果故事到此为止，那么我们很容易得出结论，这是一次误杀，而不是谋杀。大概是妻子看到了丈夫的勇敢，要帮助丈夫；或者是出于人性的考虑，看到丈夫有危险，要帮助丈夫。但海明威不满足于这一点，他在故事的结尾安排了一次对话，威尔逊和玛戈的对话，威尔逊这时候已经处理完该处理的事情，他的语气里带着说不清楚的感觉，他走过来，开始劝说这个可怜的女人：

“干得真漂亮，”他用平淡的声调说，“他早晚也要离开你的。”

“别说啦。”她说。

“当然啰，这是无心的，”他说，“我知道。”

“别说啦。”她说。

“别担心嘛，”他说，“免不了会有一连串不愉快的事情，不过我会照一些相片，在验尸的时候，这些相片会是非常有用的。还有两个扛枪的人和驾驶员作证。你完全可以脱掉干系。”

“别说啦。”她说。

“还有多少事要料理啊，”他说，“我不得不派一辆卡车到湖边去发电报，要一架飞机来把咱们三个人全接到内罗毕去。你干嘛不下毒呢？在英国她们是这么干的。”

“别说啦，别说啦，别说啦！”那个女人嚷叫起来。

威尔逊用他那双没有表情的蓝眼睛望着她。

“我的工作现在算是结束了，”他说，“我刚才有一点火。我原来已经开始喜欢你的丈夫了。”

“啊，请别说啦，”她说，“请，请别说啦。”

“这样比较好，”威尔逊说，“说一声请，要好得多。现在我不说啦。”

女人自始至终只有一句话：“别说啦。”但我们可以看到威尔逊说话的要点：开始就来一句夸奖，暗指她故意杀死了自己的丈夫，“干得真漂亮”，有点嘲讽的味道，又说“他早晚也要离开你的”，这点出了杀人的动机，或者点出了玛戈的潜意识。这样一来，是误杀还是谋杀，就变得莫测了。也就是这样一次对话，让事件变得更加不确定，让读者的阅读产生了更多的障碍，故事变得多解。女人也没有任何明确的表示，没有肯定，也没有反驳否定，只是让他别说。“别说啦”有太多的含义。威尔逊开始扭转话头说：“这是无心的。”然后又告诉女人，有证人和证据，她能脱掉干系，她是安全的。这样一个扭转，威尔逊是在告诉女人，你是有杀人的嫌疑和动机的，而

“我”在帮助你脱险。他告诉她，他已经将一切都安排好了，没事了。然后他又扭转回来：“你干吗不下毒呢？在英国她们是这么干的。”其实不只是英国，潘金莲当年也是下毒的。所以这样的话又兜转回来，暗指玛戈是故意这么做的。这次玛戈连续说了三次“别说啦”，以表达内心的混乱和悲伤，她似乎也无法确定自己是否有杀害丈夫的意图，故事就在威尔逊浪子式的嘲讽中结束了。

在这个小说中，对话的功能变得十分复杂。对话不单单承担交代故事情节的功能，还直指人物内心最不确定的那一部分。提出“复调小说”理论的巴赫金认为，生活的本质即是“对话”，对话“几乎是无所不在的现象，浸透了整个人类的语言，浸透了人类生活的一切关系和一切表现形式，总之是浸透了一切蕴含着意义的事物”。这里所说的对话，不是具体的对白，而是广义的。

下一个例子我们来看王小波长篇小说《寻找无双》之中的一个片段：

罗老板还说，后来鱼玄机从车上下来，走上那座黄土筑的台子。本来长安城里杀人，在坊间的空场上随便杀杀就算了，但是杀鱼玄机的时候上面考虑这个女人很有名，应该让大家看看，都受受教育，所以从郊外运了几车黄土来，筑了这座台子，有五尺多高。后来鱼玄机就在这座台子上三绞毕命，四面八方的人不用踮脚尖都看到了。在三绞毕命之前，鱼玄机走上台子，用手向后撩起头发，让刽子手往她脖子上系绞索。那时候她还笑着对刽子手说：待会儿可别太使劲了。我的脖子是很细的哟！

罗老板说，鱼玄机的手十指纤长，指甲涂丹；长发委地，光可鉴人，十分好看。可惜这时长安的钟楼上响起了午钟，有一个刽子手拿来一根粗大的麻绳说：仙姑，人间法度。她只好叹了一口气，背过手去，让人家把她捆起来。那两个行刑刽子手开始把绞索收紧。那种绞索是牛皮条做成的，非常之长，两面连在两根绞棒上，散在地上，好像一堆废渔网。刽子手动作很麻利，很快就弄好了，也就是说，全绕到鱼玄机脖子上了，而绕到了脖子上以后绞索显得就没有那么长了。有一个专管按人的刽子手走到鱼玄机的背后，按按她的肩膀，她就跪到了地上，抖抖头发，伸直了脖子，闭上了眼睛，好像坐到了理发椅上。在场的人都屏住了呼吸，等着鼓楼上一声鼓响。鱼玄机死前的情形就是这样。

罗老板告诉了王仙客一切事情，只有一件事没有说。那就是绞索绕到鱼玄机脖子上时，他感到的不只是同情，而且还很兴奋。这是个委婉的说法，如果直言不讳，那就是当时他勃起啦。唐时服装很松宽，所以衣服前面拱起了好大一块，很是难看。当时他很是惊惶，害怕别人看见了。幸亏都在看鱼玄机，没人来看他，但是已经惊出了一身冷汗。这是几年前的事。但是又不大对。自从过了不惑之年，罗老板就没起过坏念头，而且那东西早就开始往回抽抽，到现在已经抽到了蚕那么大。如果为了鱼玄机还直过一次，那就太不对了，简直是个老荒唐了。

在这里，王仙客和罗老板的对话，已经不仅仅是对话，而被转化为故事讲述的一部分。“罗老板说”中的“说”已经变得非常隐约，不是具体的对话，而是融合了王小波个人理解的另一套语言。这样一种做法，应该是来源于卡尔维诺。卡尔维诺《看不见的城市》不像是小说，更像一首长诗，有情绪，有意象，更多是对于一座城市说不清道不明的美感描述。贯穿这本书始终的是皇宫之中忽必烈大汗和马可·波罗的对话。所以，在王小波和卡尔维诺的笔下，对话被处理成为一个框架，成为推动故事前进的动力。对话与叙述之间的界限变得十分模糊，不再泾渭分明。王小波不止一次提到卡尔维诺，我觉得这样的写法是王小波对卡尔维诺最大的继承。而王小波的师承不止有卡尔维诺，还有杜拉斯：

我已经老了。有一天，在一处公共场所的大厅里，有一个男人向我走来。他主动介绍自己，他对我说："我认识你，永远记得你。那时候，你还很年轻，人人都说你美，现在，我是特为来告诉你，对我来说，我觉得现在你比年轻的时候更美，那时你是年轻女人，与你那时的面貌相比，我更爱你现在备受摧残的面容。"

王小波不止一次推崇这么一个开头。很多人理解的开头是这么一句："我已经老了。"但其实如果没有后面的这段"他对我说"，这样一个开头也是乏力的。我们读《情人》的时候可以发现，这部小说的叙述语言是十分沉静凝练的，但每次出现波澜的地方，都会有对话的影子。也就是说，对话在故事叙述中扮演了一个万能钥匙的角色，成为推动故事往前走的重要契机。用这个观点再回头来读王小波的小说，就会发现这样的手法频现。我们来看看王小波最有名的作品《黄金时代》中的一些话：

陈清扬说，她丝毫也不藐视破鞋。

陈清扬说，我始终是一个恶棍。

陈清扬后来说，她始终没搞明白我那个伟大友谊是真的呢，还是临时编出来骗她。但是她又说，那些话就像咒语一样让她着迷，哪怕为此丧失一切，也不懊悔。

陈清扬说，我第一次去找她打针时，她正在伏案打瞌睡。

……

这个中篇小说自始至终贯穿着这样的句式。“陈清扬说”是对谁说？当然是对“我”说。也就是说，两个主人公之间的那些对话，成为整个故事跌宕起伏最为重要的框架和依托。除此以外，小说中这种句式的运用，带给人非常决断的感觉。这种感觉，如果贯穿小说，便是一种腔调。

讲到这里很多人会恍然大悟，原来之前总说小说要有腔调，这腔调是来自对话。是的，来自广义的对话。如果我们看到马尔克斯如何处理对话，那么对于这种对话的理解，或许会更有心得。《没有人给他写信的上校》夫妻俩这样争辩：“没几天退伍金就要来了。”“这话你说了十五年了。”“所以，不会再耽搁太长时间了。”《一桩事先张扬的凶杀案》里巴亚多在摇椅上睡午觉时，初次看见安赫拉，便对人说：“等我醒来时，请提醒我，我要跟她结婚。”《纯真的埃伦蒂拉和她残忍的祖母》里头祖母说她梦见一封信将在星期四到达，埃伦蒂拉这么说：“那会是坏消息。不过这封信不会寄达的。”《霍乱时期的爱情》里费尔米娜嚷道：“去它的吧！如果说我们这些寡妇有什么优越性的话，那就是再也没有人对我们发号施令了。”

这样一些语气决断的对话，让小说中的人物都活得信心满满。这跟我们生活中的感受是一致的。我们见过许多人，生活其实一团糟，但他们依旧信心满满。也正因为这样一种信心满满，才会有固执，才会有各种人物之间交错的矛盾，才会有愚蠢鲁莽的行为，才会有罪恶和忏悔："只有一样东西是肯定要到的，上校，那就是死神。"

对话是小说写作中最难的，也是最有探索价值的。它像江河大海一样将世界连成一片。雷蒙德·卡佛曾夸奖纳博科夫："纳博科夫就有这样的本事，用一段看似无关痛痒的对话，让你读后脊背发凉，并感受到艺术上的享受。我对这样的作品才感兴趣。我讨厌杂乱无章的写作，不管它是打着实验小说的旗号还是以现实主义的名义。"这样让人后背发凉的对话，不独是纳博科夫的专利，也是卡佛小说成功的奥秘之一。写作不易，对话更难，那么，就让我们用卡佛的一段话来共勉吧："我以前的写作教师曾经跟我说，'你做好了忍饥挨饿十年的准备了吗，而且在十年当中，干各种做牛做马的工作，忍受各种回绝、遗弃和挫折了吗？如果这样过了十年，你还在写作，你有可能会成为一个作家。'我不会跟想写东西的人说这些，但我会跟他们说，他们必须坚持写，并诚实地写，写那些对他们自己来说重要的事。如果他们幸运的话，有一天，会有人读的。"

16 如何在故事中设置悬念？

悬念是一个复杂的问题，会因为内聚焦和外聚集的不同而产生效果上的差异。但如果从宏观的角度看，我更愿意将悬念分为大悬念和小悬念。大悬念直接参与了整个故事的核心建设，能够决定故事是否成立；小悬念则参与故事的调节，能调节故事的速度，影响叙述的效果，制造局部的紧张感。

提到大悬念，我们一般会想起侦探推理、悬疑破案一类的小说，比如东野圭吾的《白夜行》《嫌疑人X的献身》等小说，他用一个大悬念结构了故事，并围绕这个大悬念又设置了诸多小悬念，将主线变成暗线，将小说变成了智力游戏。在东野圭吾的小说中，他善于将悬念与人物的情感交织在一起，人物情感的千回百转，也为大悬念的设立提供了合理性。在传统的悬疑小说里，悬疑关乎人物的生死，同时，更重要的是关乎钱财，比如阿加莎·克里斯蒂的《尼罗河上的惨案》，这是一个“白富美”被一对苦鸳鸯坑杀的故事，背后的杀人动机就更多是因财起意。豪华游轮成了屠宰场，凶手为掩盖真相而连环杀人，让这艘船成为恐怖游轮。如果我们诟病这个故事的设置过于巧合：为什么这么多仇家都聚集在同一条游轮上？故事中给出了解释，但这个解释还是过于牵强。那么，在她的另一部作品《东方快车谋杀案》中，阿加莎·克里斯蒂很好地解决了这一个问题。所有嫌疑人聚集在一列火车里，但不是因为巧合，而是因为预谋。在《东方快车谋杀案》中，悬念直接与多年之前的一桩绑架杀害儿童的案件相关，而火车中的受害人是一个恶贯满盈的人物，这就将悬念与社会正义纠缠在一起了。十二个人对于一个恶人的私下审判，显然是另一种犯罪，而谜底揭开之后我们又觉得更应站在道德层面去看待这个替天行道的举动。悬念解开的过程，也是每个人内心中的道德正义与法律正义纠结和较量的过程。

悬念在与情感、钱财、社会正义的交织中，会呈现出不同的姿态和深度。主人公能否逃过本来属于他的劫难，或者主人公因何而死，这自然成为故事的悬念。而简单地设定了这样一个悬念然后破解它，就显得很没意思。“如果突然一个炸弹爆炸，引起的只是恐慌，并不会有什么悬念；但是如果事先让读者知道桌子底下有个炸弹，而主角却不知道，这样就会自然引起悬念了。”（希区柯克语）所以，设置悬念最怕简单粗暴，将炸弹引爆完事。也就是说，炸弹最终是否爆炸反倒不是最重要的，重要的是炸弹藏在桌子底下为故事赢得了另一种叙事的时间。再换一种说法：炸弹的存在，让故事存在两种不同能量的时间，一种时间属于故事中人，他们的时间十分松弛，没有炸弹；而另一种时间属于读者，他们都知道炸弹就在那里。直到故事中的人物知道了炸弹的存在，或者炸弹爆炸了，两种不同的能量就得到了转化合并，故事中的能量线又重新统一。这是从阅读和写作的角度来审视故事中的悬念，会获得不同的观感。

在具体的故事中，能量的互相转化往往是制造悬念最常用的手段。比如名篇《我的叔叔于勒》和《项链》。于勒叔叔从能量很小到能量大增，及至成为全家的希望，最后他竟然穷得要死，一直在船上卖牡蛎，能量瞬间降为负数，而前面所有的铺垫都是为了这个能量骤变。《项链》中，能量随情节递增，艰难攀升，结果到最后才发现原来项链是假的，能量发生了骤变，这就出现了翻转。这种手段也就是民间说书的“抖包袱”。

为了讲清楚这个问题，我曾专门写过一则数百字的故事，题目就叫《悬念练习》：

他提着枪走了进来，看到了她的额头。

他将枪顶在她的额头上。枪是黑的，额头是白的。

她低低地哭泣，坐在床的边沿，只看到她的额头，看不到她的脸。他把枪轻轻地顶了上去，只是碰着了额头，就停住了。仿佛是额头把枪口吸了过去，就如磁铁吸住了铁器。黑色的枪是冷的，白色的额头是热的。

她的哭泣是热的，他的眼神是冷的。

但没关系，其实已经错了。一个男人提着一把枪抵住了一个低着头的女人——你知道她不会一直低着头。人们总希望通过一些努力，让本来不平衡的天平保持平衡，这中间涉及“力”，也就是彼此心中的能量。那些受了委屈的人们，对此要得更多。

但不管如何，这个情景容易让我们想到：报复、灭口、情杀、怀孕、吸毒、抢劫、强奸、恐吓、间谍、跨国组织和雇凶杀人。

现在，假如我告诉你，都错了，你一定很生气。

因为男人接下来的话是："姐，你看我这个样子帅吗？别哭了，开心一点。"

你一定很生气，因为你期待的一切落空了。但没关系，生活会按照它原本的样子走下去。

女人将整个身体都往前倾，仿佛要将整个重量都压在枪口上。

接着，女人讲了一句话，让我们难过："肚子里的孩子，是你的，你知道吗？"

我们会进一步猜测，这个情景注定是一段孽缘，姐弟乱伦，没好果子吃。

但这不是全部，这个情景的进一步发展，会让你更加难过。

对于生活，我们容易把一切都猜错了。是的，如果不是我们一直在犯错，那么生活就不会这么精彩。上帝站在天上，他一百亿年才移动一厘米，一千亿年才眨一下眼睛。我们都猜错了，源于我们对时间不同的感受方式。

故事的结局是：弟弟蹦蹦跳跳地走开了，姐姐把他追了回来，夺下他手里的枪，反锁了门，然后……然后从口袋里掏出一包……一包纸巾。她擦了擦自己的眼泪，然后踮起脚尖擦去身材高大的弟弟脸上的鼻涕。

"别闹了，你不能出去，明天我把你送到青山（精神病院）去。"

"不去，我要出去玩！"

"夜里我不能再让你出去胡闹，你知道她还是一个黄花闺女，你怎么可以乱来，把她的肚子搞大……"

别相信你看到的，也别相信我说的。

因为他们可能都只是群众演员，春雨般的眼泪可以换来两个有鸡腿和卤肉的盒饭。

这则短小的情景故事，显然是不完整的，但它很好地展现了能量的瞬间转化所产生的悬念：最开始男人拿枪走进来，男人的能量大于女人；当弟弟问姐姐自己帅不帅的时候，我们明白原来是姐弟关系，而且弟弟希望获得姐姐的肯定，所以女人的能量大于男人；接着女人说孩子是弟弟的，我们猜测这是一个乱伦的故事，两人的能量同时贬为负值；紧接着，我们发现弟弟精神有问题，姐姐在照顾他，这时男人具有更大的不确定性，能量大于女人；接着，我们发现刚才说的肚子里的孩子，并不是指姐姐的肚子，而是另外一个人，男人的能量继续提升，故事中的能量继续聚积。故事的最后，我们发现他们不过是在演戏，故事的能量被归零。我们能够被故事吸引，很多时候缘于作者巧妙的设置。要让悬念在故事中发挥作用，抓人眼球，牵动人心，让读者的注意力集中，持续在担忧，在关注，那么悬念之外，作者还需要完善细节，深深镶嵌在故事中的细节能让悬念扎根更深。

在故事中操纵悬念，需要作家有严密的思维逻辑。也就是说，你不能自己写着写着都露馅了，而应该层层设计，不露痕迹。我们看一部电影或电视剧，如果其中埋藏的结局一早就被拆穿，就会觉得索然寡味。当然，设置悬念不能变成玩弄悬念，与悬念在一起的应该还有人性和人心。比如我们阅读《解忧杂货店》，这部在东野圭吾作品中最不像悬疑小说的小说，我们能读到勇往直前的善念，以及对这种善念毫不掩饰的表彰。其中的时空跨度为33年，涉及杂货店和孤儿院众多人物的生死别离，前后时空错综复杂，如果有一个细节对不上整部小说就垮掉了。

当然，大悬念的设置其实是需要承担风险的。金庸是一位讲故事的高手，他的小说跌宕起伏，悬念成为推动情节发展的重要手段。比如在《天龙八部》里头，丐帮帮主乔峰的身世之谜，成为一个巨大的能量旋涡，牵引着我们的好奇心：为什么一个响当当的汉子，偏偏要蒙受如此不明不白的冤屈？冤案、受委屈往往能储备大量的负面能量，在读者心中形成获得补偿的巨大欲望。沉冤得雪、水落石出的瞬间，故事中的人物与读者将达到最大的共鸣，在同一个频道之中释放储备已久的能量。当乔峰的父亲现身，与慕容复的父亲双双出现在少林寺中，读者的所有疑问也就得到了合理的解答，在少林寺这样一个特定的地点，慈悲的佛法最终化解这段陈年孽缘，所有诡异的故事也有了合情合理的解释。也就是说，你的悬念设得越大，悬念在整个故事脉络中越重要，那么也就意味着你的赌注越大，你必须很好地给出答案，不能草草收场。所以，失败的悬念对于故事的建立有毁灭性的影响，代价沉重。如果你给出的答案早就被读者猜透，或者你给出的答案无法说服读者，你设下的伏笔轻易就被读者识破，那么整个故事也就变得毫无意思。在作者与读者的博弈之中，若悬念的棋盘倾向读者，作者也就将一无所有。所有能量的转换最终必须在读者的心中唤醒求解的欲望，而对于人物越关切，这种求解的欲望就会越强烈。

至于悬念在故事中的存在形态，其实取决于写作者与谁同谋。如果写作者与读者同谋，只有作品中的人物不知道炸弹什么时候爆炸，则会让读者牵肠挂肚，总怕主人公被炸伤。如果写作者与人物同谋，读者处于被遮蔽的状态，则读者必须看到最后才会恍然大悟，明白主人公为什么要这么做。这时给出的答案必须有说服力，不然读者就不买账。最难的是写作者设置了悬念，主人公也不知道，读者也不知道，这样就进入了探险揭秘模式，它不单单是牵动一种情绪，更多是在不断挑战作者布局的智商。最牛的还是金庸，有人问小说《雪山飞狐》中胡斐那一刀究竟砍下去没有？金庸笑说："连我自己也不知道。"

在中国的古典小说和类型小说中，悬念的运用比比皆是，草蛇灰线，伏脉千里，是故事本身的需要，也是说书人的立身之本。在先锋小说兴起以后，小说的各种形式实验流行，天马行空，飞沙走石，差不多要将故事灭之而后快。沉静下来以后，先锋作家又开始重新思考，回归故事。即便如此，经过一番先锋的洗礼以后，小说在20世纪80年代以后已经不尽然是以前的小说，可以说整一代作家的小说观念由此得到了升级。我们再重新审视余华、苏童、莫言、格非等人的后续的创作，就会发现这些作家讲故事不再像"林冲风雪山神庙"那样依靠跌宕起伏的转折，也很少依赖一个大悬念支撑整个故事。更多时候，悬念变成小悬念，穿插在故事的缝隙里，带来了逆转和惊喜。比如格非《人面桃花》开篇父亲出走的悬念，苏童《黄雀记》中"仙女"被强奸的悬念，都属于小悬念。在严肃文学的体系里很难再让作家冒险投资一个大悬念，因为大家的叙事焦点不在故事，而在于故事之外。当下的作家中，最喜欢使用悬念建构故事的作家，还是迟子建。迟子建的《世界上所有的夜晚》是一个让人感受到彻骨之寒的小说，故事里的蒋百嫂每到停电的晚上就歇斯底里大喊大叫，非常不正常。这个巨大的悬念中有着巨大的悲哀，让我们看到社会的畸形对于灵魂的扭曲。两个遭逢丧夫之痛的人在小镇相逢，各自悲哀，有不同的凄楚。迟子建的另外一篇小说，我也非常喜欢，叫《一坛猪油》，这也是一个用悬念手法刻画人物的小说。一坛猪油中埋藏着一个不幸福的男人霍大眼对主人公“我”的深深情意，只有谜底揭开后，才发现“我”丝毫不懂这个丑男人不求回报的深情，而人世沧桑，转眼烟云散尽，一坛猪油成为永恒记忆。

善于利用悬念无疑能增加故事的张力和美感，悬念是讲故事这门古老手艺中熠熠生辉的精髓。无论文学未来走向何方，应该都离不开故事的支撑；而只要存在故事，悬念就大有用武之地。就我目前有限的阅读视野来看，悬念正是沟通、融合类型文学和严肃文学的最具有普适性的技术工具。

人世太闷，如果没有悬念，没有大吃一惊和虚惊一场，那也太无趣了。

17 人物角色的功能如何分配?

无论是严肃小说还是通俗小说，只要有故事，就会涉及人物设定。这是故事必需的要素，也是塑造人物的准备动作。如果需要经典案例，那么就看看四大名著。《红楼梦》讲述的是伦常，所以不免絮絮叨叨很多小细节，故事性就被削弱。其他三部，在人物设置方面，倒是有很一致的地方。

首先是主要人物能力有一种“主弱从强”的特点。也就是主帅或主要角色，都是比较弱的，比如唐僧、刘备、宋江，但他们拥有道德、情怀、信仰等引领性的东西；而主帅身边的人，都是很厉害的，比如孙悟空、关羽、林冲等，个个武艺高强。这样的组合会形成一种相互制约、相互需要的模式。你可以看到《魔戒》中其实也是这样的模式，持有魔戒的人，偏偏是一个瘦弱而意志坚强的少年，虽然敌人强悍，但他身边总有一帮高手不离不弃地保护着他。

其次是功能的有效组合，能让主要人物群体更容易产生戏剧性。比如《西游记》，按战斗力的排序应该是：孙悟空、猪八戒、沙悟净，最后才是唐僧，但唐僧有紧箍咒，刚好又对最强的孙悟空形成有效的制约。同时我们可以看到，这样一支团队，刚好是由“强大能干”“精神引领”“插科打诨”“憨厚实干”这四类经典人物特点的代表组成。这样一部小说，既有大家都爱看的英雄形象，又有为英雄提供奋斗目标并制约他的领导者或主帅或巫师；既有充满喜感、擅长插科打诨、引人发笑的角色，又有憨厚实干、能在其他主角都很忙的时候为推动情节发展立下汗马功劳的“万金油”角色。这样的角色组合能产生很好的循环制约作用，四股力量，内部总能出波澜，总能产生戏剧性，而应对外部障碍的时候，又能有效配合，险中求胜。要具体举例说明，大概可以这么对应：刘备和宋江在小说中的位置就类似于唐僧，领导不干活，总说些云里雾里的大话来刺激大家（是不是跟许多单位领导都很像？）；诸葛亮、吴用等万能钥匙一样的人物就类似于悟空，所以鲁迅才会说“状诸葛多智而近妖”，他们往往无所不能，是整个团队的核心战斗力，没有他们，团队必败；张飞、李逵则类似于猪八戒，专门说些好玩的话，做些突破常规的事来打破僵局，他们的主要卖点不是本事，而是性格；而关羽、赵云、花荣等好汉类似于沙僧，都是实干派，他们的台词不会太多，也不会出口就来一句名言，更多时候是遇到问题就需要他们操家伙，打圆场，配合第一主角冲锋陷阵。换言之，前面三个主角之外的其他功能，都需要他或他们来承担。沙僧的功能在许多小说中往往是由很多类似的人共同承担的，这些人物根据情节的需要可进行适当的增删。还有我们熟悉的《说唐》，其实也是这样的人物模型：李世民对应唐僧，徐茂公对应孙悟空，程咬金对应猪八戒，秦琼以及他的小伙伴们则负责三个主角功能之外的一切。在《飞龙传》里头，赵匡胤等于孙悟空，柴荣等于唐僧，郑恩等于猪八戒，“万金油”角色则被分解了。

最后要注意的是，这样的人物模型不是唯一的，有时候会呈现为其他序列，比如按照行动模式的有序和无序可以排列不同的人物。行动模式有序，人物多数是正派的好人，或者古板而没有灵气的老学究；而行动模式无序，则会产生破坏性。有序和无序的程度再搭配善、恶、中立，两两相乘就会得出各种不同性格的人物，他们成为许多矛盾的动力和根源。

无论如何，在考虑人物设定的时候，一定要多考虑性格的多样性。小说中营造的世界其实是对现实世界的模仿和超越，而现实世界之所以多彩，也是因为人类不是机器人，而是有血有肉有个性，是会行走的有思想的有机体，所以人物性格的多样性和复杂性，一定是人物设定之中的关键。要记住你的人物不一定只有一张脸谱，特殊的条件下他甚至可以拥有多张脸谱，主要看你如何去激发他，要给他怎样的遭遇。

18 新的现实对刻画人物有新的要求吗？

写作除了有地理上的原点，其实还应该考虑时间上的原点。如果从更长的时间区间来看，这个世纪的前20年也不过一瞬。但一叶知秋，无妨在这样有限的空间和时间去体察无限的世界。

我在广东长大，在这里读书和工作，在潮州、东莞、广州三座城市生活过，见过形形色色的人，其中大部分是外来人口。因为求学和工作，我也不断在这三座城市之间来回移动和迁徙。很长一段时间我内心忐忑，总觉得我并不能真正熟知这三座城市中的任何一个人：故乡的人、童年熟悉的人，有些已经不在了，更多的变陌生了；对于工作后认识的朋友，多数也只能相见于微信朋友圈。但有一天我突然明白，我面对的移民人口就是一些“移动的肖像”，我何必去拘泥于完整呢？我干脆采取了“移植”来应对“移动”。我移植了岭南文化元素，也移植了社会事件中的细节，将之放置在我的碧河世界，那个以半步村为原点的虚构之地。很多文学理论教科书上的话不一定适用于这几十年快速发展的中国现状。中国的新闻事件比小说更好看，更有想象力，在这样的现实面前，作家需要有自己的应对办法。处理这样的现实，只能从气韵和美学上去完成，只能用变形的画卷来记录移动的肖像。比如我写“分身术”，现代人为什么需要分身？因为世界飞快转动，我们像在一列高铁上，通过窗口向外张望。高铁上每个人都确定只有此生此世，所以不得不分身，不得不左顾右盼，不得不多面，不得不希望自己能够拥有更多的可能。每个人的眼光和想法，又或多或少有所偏颇，偏左或偏右，但都以为自己非常中正，这就形成了认知的错位，于是看上去就产生了分身。

可以说，“移动的肖像”是我对过去这20年身处广东这个改革开放前沿地眼之所见的总体概括。我取了过去这20年与我密切相关的三座城市——潮州、东莞、广州的公约数，虚构了一座叫东州的城市（当然故乡潮州的痕迹会重一些）。而在写作中，我突然发现我笔下的人物会漂移和串联，有些甚至会模糊不清，反复出现。不过我慢慢发现，我身边的人确实如此，经常会漂移和串联，在不同的地方出现。广东是人口流入大省，我身边生活的人们来自五湖四海，每个人都有自己的成长环境，他们也在快速流动，保安、服务员、快递小哥、房产销售乃至以稳定著称的教师群体，都以不同的速度在流动着。而我家乡潮州的人们，他们的肖像倒是稳定的，他们很多人就在那个小村庄里生老病死，但却因为我是流动着的，他们在我的视野中也变得模糊起来。我从16岁出门求学之后，与故乡的联系若即若离，在珠三角定居后基本就断了联系，每次回乡，那些原本熟悉的人也成了“移动的肖像”。所以在我看来，“移动的肖像”并非一个虚无的概念，而是客观现实在文学画布上最真实的投影，因为移动而造成的模糊，成为真实的一部分。基于这样的认识，我对小说中所谓的“人设”深深反感，一如在现实中我看到刻意经营人设的活人。至于情节与人物，这个还真很难说清楚何者为先。在不同的小说中，有不同的处理吧。

“移动的肖像”带来了文学成立的难度。对于一部传世的经典而言，它往往会在三个维度上确立作品的价值：或者刻画了令人难忘的人物，或者提供了寓意深刻的故事，或者为后世留下了独特的风格。但“移动的肖像”可能哪条边都不靠，它只需要提供容纳未确定状态的空间，容纳多解，大概就已经完成。

我相信不单单是在广东，在中国的任何地方，“移动的肖像”都会成立。它是这个时代的人物特征之一，我们无法回避对流动人物的书写，只需要将这样的客观现实如实呈现即可。

19 诗与装置的融合

在这个世事剧烈变动的年代，有人在得到，有人在失去，痛哭与欢笑都没有那么出人意料。一切都变得可能，好像只有文学凝固不动。十年前我将五万多字的中篇《半步村叙事》改定，并在这部小说的创作谈里这样写道："好的小说应该不是令人惊叹，而是令人战栗。在我虚构的地图上，我的人物忙忙碌碌，我更应该关注他们的生存感觉。"由此开始，半步村、碧河镇、东州市、美人城……我的地图在不断延展它的边界，半步村就是这张地图的原点。这当然也符合我的生活轨迹。在这个世纪的前面二十年时间里，我一步步远离我的故乡，从农村到城市，从安静的潮汕平原来到繁华的珠三角，从世界工厂东莞到大湾区中心城市广州，这一路世界在加速，而我的时间也在加速，越来越快。现实中我遇到的人越来越多，这些在我身边的人像影子，像快速移动的肖像，而碧河世界中的人物也越来越密集，他们互相牵扯、挤压、交织，以至于开始分身和折叠。

写作的人身处湍流之中，有人顺势而为，有人逆势而动。

过去十年，我从我的写作原点出发，像一只蜘蛛一样一点点扩大我的文学版图，那个时候我就给自己确定了一个准则：顺着时代写作，逆着时代思考。我在利用写作资源时，是朝向未来的；但是在内在的思考上，却需要背对这个世界。比如人工智能成为热门话题，写作的人也不妨参与进去，但确实需要逆着潮流做一些思考，如果只会顺势吆喝那就没意思了。

有人说文学创作受到了视觉媒体的冲击，但我认为没有冲击，也不存在危机。屏幕对纸张的驱逐已经成为既定的趋势，小说创作如同森林里的一块石头，小说跟新媒体已经没关系，是完全不同的两个行当，就如汽车和火车不会影响自行车一样。不是说森林和石头完全割裂分开，而是说体量已经完全不同。那么石头只能继续成为石头，不必模仿森林的样子。作家的想象力因此需要升级，我们需要新版本的想象力来帮助我们完成文学想象。唯有作家的想象力可以洞穿这个世界的荒诞，从而粘连起破碎的现实材料，重新构建意义的蜘蛛网。作家必须永远站在想象力这边，让没有想象力的作品见鬼去吧。如果想象力是成为好作品的重要指标，那么先锋的姿态的重要性也就不言而喻。先锋就是要求作家不能再回到老路上，必须去探寻新的边界线，比如让自己站在边界线上完成新的开拓。无论是在题材上还是在技术上，我们必须不断去变换姿态，才不会被现实完全覆盖。

对小说家而言，文学的河流绝非凝固不动，小说的革命几乎每一天都在发生。优秀的小说家必定每天惦记着小说，并希望自己今天写出来的东西跟昨天不一样。对于小说家而言，衡量小说价值的标尺从来就不像菜市场里的公平秤一样恒定不变，刚写出来的东西，今天觉得是黄金，明天又觉得是狗屎，后天拿出来闻一闻又觉得味道还行。有时候我会想，小说家大概就在自卑和狂妄之间，一脚深一脚浅地走向茫茫黑夜。就我个人而言，当我不断书写半步村和美人城的时候，我其实又在一次次地飘离许多人眼中文学的正轨。但我看到了小说的文体革新的潮流在涌动着，也看到了小说创作内在的新动力一直没有停息。我已经过了那种愤世嫉俗要拿着长矛去战斗的年龄。为了节省时间，我首先得承认风车的存在具有合理性，然后表达了自己的卑微。物来顺应的结果是我十分自然地选择了分身术，更具体地说，我觉得小说革命真的是小说家自己一个人的事。只要你长矛在手，跟你面前是否存在风车，是否必须去挑战风车，真的关系不大。

小说应该不再是在“写什么”与“怎么写”这两个问题上纠缠。在我看来，未来小说的革命，是装置和诗的对立和融合。装置是指由点子和想象力构成的装置艺术，诗是指由反装置的命运和必要的冷漠构成的史诗。我们用具体的作品来说明吧。《指环王》是诗，《黑镜》是装置，《权力的游戏》是诗与装置的融合；《刺杀骑士团长》是诗，《使女的故事》是装置，《西部世界》是诗与装置的融合；《阿凡达》是诗，《盗梦空间》是装置，《三体》是诗与装置的融合；《月亮与六便士》是诗，《失明症漫记》是装置，《午夜之子》是诗与装置的融合；《在细雨中呼喊》是诗，《许三观卖血记》是装置，《活着》是诗与装置的融合；《红拂夜奔》是诗，《寻找无双》是装置，《万寿寺》是诗与装置的融合。《大佛普拉斯》是诗，五条人乐队是诗，《看不见的城市》是诗，《我的帝王生涯》是诗，而《基督山伯爵》是装置，重塑雕像的权利乐队是装置，《马桥词典》是装置，《大师和玛格丽特》是装置，

《百年孤独》《堂·吉诃德》《红楼梦》是诗与装置的融合。诗与装置总是具有不同的面相，它们协同影响着艺术创作的酸碱度。在诗与装置这对矛盾面前，写什么和怎么写融合为一个方向性问题：如何写出诗与装置的融合。

20 “逃离”作为装置的具体例子

我们需要更具体的例子来理解小说的装置艺术，比如逃离。

小说中爱人不辞而别，常常会给故事带来真空，是一个非常有意思的叙事装置。不辞而别比死亡更让人抓狂的地方是它仍然留有希望，依然有回来的可能。霍桑的短篇小说《威克菲尔德》讲述的就是这样的事件，主人公不辞而别，在家附近租了房子，用二十年的时间每天看着被自己抛弃的妻子，看着那个熟悉的家，二十年后重新回来，继续当他的好丈夫，直到去世。

就是这样一个可以一句话说完的故事，霍桑用非常酷炫的叙事技巧，带领读者去想象种种独特的时刻，以及弥漫在故事内部叛逆的孤独。霍桑在这个故事中并没有煽情，他只是轻轻打开了不辞而别的装置，设置了主人公的逃离，没有具体的原因，似乎也不需要原因，仿佛主人公并不是从家庭中逃离出去，而是经历了一次漫长的死而复生。在这个故事装置中，小说的张力在主人公走出家门的那一刻就产生了，而这张弓也没有拉满，不偏不倚，拉到了二十年这一个刻度。霍桑没有让威克菲尔德像《河的第三条岸》中的男人那样在河中飘荡一直到死，也没有让他提前回家，而是刚好预留了一个孩子长大成人所需要的时间单位的绝望。

与霍桑不同，艾丽丝·门罗在《逃离》中让卡拉很快就回来了。卡拉对丈夫克拉克说："快来接一下我吧，求求你了。"这是一次没有被完成的不辞而别，或者说一次失败的逃离，它只是使庸常的生活波动了一下，然后所有的尘埃又回到了庸常。不需要二十年，不需要一个月，也不需要一个星期，只需要卡拉说一声"我再也受不了了"，只需要她乘车离开，然后鬼使神差从逃离中回来，这么一个小波浪，对门罗来说已经足够了，足够将一个女人掉进泥潭里无法自拔的悲剧写出来。因为门罗要说的不是悲剧，而是悲剧中无法自拔的那一部分。

鲁迅说娜拉走后不是堕落就是回来，门罗的《逃离》是这句话一个遥远的回声。

逃离的真空可以让故事深邃，也可以让故事悬念丛生。《漫长的告别》整个故事便是从特里的逃离开始的，两宗谜案，借由硬汉马洛的手一点点变清晰，但他辛辛苦苦跑了一圈之后看到的只是寂寞。这是迷宫一样的装置，特里从蒙冤待雪到最后整容归来，马洛却对他说："我不想说告别。我在那个字眼尚有意义的时候已经对你说过它了。当我说出它时，它是一个哀伤、孤独、无可挽回的词。"逃离和归来，成了小说的闭环结构，但这样的闭环却并不重合，因为对马洛来说，特里已经死了，站在他面前的是另一个人，有另一个身份和一张整过容的脸。

这种让某个人的缺位成为故事旋涡中心的叙事模式，显然也让村上春树非常迷恋，他不止在一部小说中使用过，比如《奇鸟行状录》《刺杀骑士团长》都是如此。在《奇鸟行状录》中，妻子原因不明的逃离成了故事漩涡中心，让主人公一次次下到深井中寻找。同样的，《刺杀骑士团长》中少女秋川真理惠突然消失，又使男主人公下到深井中寻找。这简直可视为死循环的自我复制，可见其执念之深。村上春树可能是从钱德勒那里学习到的这种故事装置，同时也带上了深深的自我重复阴影。

《月亮与六便士》中伦敦证券经纪人思特里克兰德某一天突然抛妻弃子当起了画家，这样笨拙的逃离倒是会让人想起《威克菲尔德》，但与霍桑的故事不同，毛姆的故事充满了意义，主题甚至相当励志。这里的励志也不一定是个褒义词。为了梦想而逃离无论如何谈不上是一件坏事，相对于另一种对现实和婚姻枷锁的逃离，为了艺术理想而逃离当然要高尚得多。比如《包法利夫人》《安娜·卡列尼娜》，主人公都是被无趣僵化的丈夫和婚姻牢牢套住的女人，逃离和放纵之后都自杀死掉了，同时死掉的还有女人的信仰和眼泪。惨烈的私奔和私奔未遂，让这两个故事成为质地更为铿锵的碑石。

逃离的故事很容易就变成凄美的想象，变成对婚姻生活的简单模拟。当我是个青春文学作者时，我也干过类似的事情；但某一天我成为一个中年人之后，回过头来也会对这嗤之以鼻。

一个青年作家能否写出令人刮目相看的作品，很多时候取决于他是否有处理未知经验的能力。他必须去想象一种自己未曾经历过的人生。比如曹禺、苏童在二十多岁的年龄就写出了带有人世况味的家族故事，语言老到，不能不说这是一种不可复制的才华。用现在的话说是老天赏饭，这样的能力几乎无法通过训练而习得。

但是，依然有很多写作能力可以通过不断的训练来获得提升。就比如对于逃离和告别这样一个场景，一个特定装置的讨论，细细琢磨，应该能带给我们新的体悟。

21

蜘蛛织网的原点

如前所述，这些年我以虚构的半步村为原点，编织了一张蜘蛛网，这张网上的每一条细丝都接通了现实，也挂满想象的露珠。回头看时，我也常常问自己，我到底能够为这个世界提供什么样的作品。这是个令人焦虑的问题，不过幸好几乎没有艺术创作不会让人感到焦虑，也正是这种面对永恒时间的焦灼让人开始奔跑。我早期是不成功的青春文学作家，有阵子也写了大量诗歌，当然也是不成功的，真正的写作应该起步于十年前，大概在2008年我写出《我的恐惧是一只黑鸟》之后，我才确立了自己对于小说这门艺术的一点信心，我将这篇小说视为某种新艺术的起点。此后我马不停蹄写了十年，谈不上有什么艺术自觉，只是明白自己的写法和路径大概不是太讨喜。看到潮州木雕工人一刀一刀雕刻巨幅作品时，我内心似有所动，这时才思考潮汕文化对我的影响。所以一个人的写作风格，很多时候并不是刻意为之，或者说并非你想自己变成什么风格，就能成为什么风格。相反，写作风格的形成本身应该是一种自我发现，是在反复实践中才慢慢明晰自己的意趣与追求，然后更为自觉地修正这样一种艺术感觉。

从原点出发，哪个方向才是理想的重点呢？我只能说我喜欢绵密而有想象力的作品，我喜欢有点狡猾的叙述，我喜欢狡猾腔调背后的真诚，那是一种克制的敞开，它站在油腻和虚伪的对立面。绵密的风格大概是我的思维习惯造成的。后来我回到潮州老家，看到木雕艺人在一块木板上雕刻潮州木雕，那些镂空的细部布满了人物和故事，我突然醒悟，如果说故乡给了我什么样的文化基因，大概就是这样精细绵密的艺术风格。所以说，写作从来如鸭子潜水，必须等到露出水面才能看到天空。潮汕人耕田如绣花，在我童年的潮州这几乎是家家户户都能掌握的生存技能。耕田尚且如此，何况是写小说。在绵密的另一头，我喜欢有想象力的创造，喜欢无中生有，那些绚丽的场景让我着迷。我喜欢一切新鲜玩意，喜欢新科技，像一个小孩喜欢新玩具，遇到新媒介我也愿意去探索一番。确实，金庸武侠江湖曾让少年的我沉迷其中，而王小波的小说里也有某种侠气，他们影响了我讲故事的方法和腔调。有一阵子我常常为此感到羞愧，觉得别人开口闭口都是加缪、穆齐尔，那自己好歹也得师承卡夫卡，才显得比较有面子。可我一张嘴就是打狗棒和屠龙刀，血统明显不太纯正，有点土。但慢慢我开始珍视身上这种“土气”。它让我更真实，也是我横冲直撞的动力。

我是一个广东作家，这三十多年基本都是在广东度过的。地处南方，呼吸着来自南海的海风，我目睹潮汕地区与珠三角地区经济发展的不均衡，也切身感受到过去这二十年间科技发展对每个人的影响，这些对于一个广东作家来说，应该是巨大的财富。广东有三种方言，也可以说有三种不同的文化，潮汕文化是其中的一种。地域文化对一个作家来说，既是独特的写作资源，同时也是需要自我突破的囚牢。或者说，每种文化都是如此，既有它精妙的一面，也有它让人厌倦的另一面。潮汕文化便是如此，它精密而有分寸，但无疑也有黏糊糊的附着感，让人迷恋家乡，更愿意生活在这种文化所营造的舒适区，高度排外，精于算计。而具体到写作这件事情上，我做的更多的不是超脱，而是对岭南文化进行一些拆解，将之当成若干元素穿插在文本中。我无意去经营一个完整的文化标本，更希望通过打碎它，让岭南文化的汁液浸润我的文字。

22

城乡雅俗与未来感

这几十年的经济腾飞，城市像一张蜘蛛网一样生长开来，城镇化是时代的大命题，改变了很多人的生活。

在当下，真正意义上的乡土文学或许已经消亡了吧，推土机站在田野里，从此就没有什么田园牧歌了。生活经验是一个作家的根据地。乡下人进城了，无论生活如何变化，骨子里还会不自觉地将自己当成乡下人。经济浪潮让20世纪80年代出生的这一代人开始真正拥有现代的城市生活，但过去这四十年，城市对于这个国家的大部分人来说，依然不是一种生活方式，而是一个“市集”。他们背井离乡来到城市，读书或工作，获取知识，谋求生路，但“根”依然是在村庄里。那里有他们的祖屋，有一个传统的亲情网络，所以无论脚在何方，他们依然会保留精神上“回乡”的顾盼之态。城乡交织，这应该是中国当下最大的现实。在这样的现实面前，所谓的城市文学和乡土文学，应该不是一个“接力棒”的关系，也并不对立，而只是复杂地并存着。

那么，乡村写作，带着泥土气息的乡土文学能否带有未来感呢？城市文学和乡土文学并非绝对两极，乡土与科幻也并不冲突。我理解的科幻并非得如很多科幻电影里展现的那样，全是闪闪发光的器械，各种高端装备。相反，我认为《西部世界》里的虚拟的乡村小镇，《环形物语》里的朴素的小镇生活，《相对宇宙》里有点陈旧的城市，这些都是能够产生伟大想象的土壤。乡村与科技在美学上是可以统一的，这也是我非常喜欢这些影视画面的原因。我们的许多想象缺乏质感，生活在城市里的人们，对于农村有一种根深蒂固的误解，认为乡村的就是土气的，就是封闭的，这是非常狭隘的理解。农村是多元的，特别是南方的农村，它有诸多面相，可能与许多人的想象完全不同。与世隔绝的农村几乎已经不存在了，当下的农村可以理解为城市的一部分：农村为城市提供劳动力，通过物流运输把土地里长出来的东西送到城市里。对于很多农村来说，它们与城市的区别是还没有变成城中村，哪天它被扩张的城市吞并了，就会变成城市的一部分。另一种理解是，农村在城市扩张的时候入侵了它。城乡之间，有太多的交融和相互影响。所以一座村庄的科技未来感，可以在美学上来完成，这是没有任何问题的。

城乡可以多元并存，雅俗又何尝不能共赏呢？流行音乐比文学更容易迭代，这是我的感慨。同时我也想到，经典音乐还拥有很多“粉丝”。按这个道理类推，我们所说的类型文学，应该也在频繁进行迭代，只是我们不在其中，无法感受到其中的汹涌波涛。比如，说起武侠，我们只能知道已经被经典化的金庸和古龙，对现在最热门的武侠小说可能并没有任何阅读经验。但读者的趣味、故事的模式，可能不断变化着，存在今年和去年的差别，这样的阅读消费风潮，跟流行音乐是一个道理。而且，据我所知，类型文学已经不是武侠、科幻、侦探这样的划分方式，它们被细化到“宠虐”，“宠文”里面还有“高甜”和“宠溺”之分。总之，那已经是一种个高度折叠和细分的趣味标签，应该不存在一个作品可以打通所有趣味圈子的情况。严肃文学中难道就没有这种趣味标签吗？我相信还是有的，只是并不明显。所以，我觉得在当下写作，写作者内心要有一个强大的艺术直觉，只要沿着这个艺术直觉往下写就好，重要的是四个字：自圆其说。其他的都不用理会，你无法用一部作品去讨好所有人。大部分读者的阅读，其实并不需要什么微言大义，也不需要什么深度思考和开阔眼界，他们不需要小说，他们仅仅需要一个好故事，生活太累，他们只是希望在文字里做一次白日梦而已。所以，我不可能为他们写作，我只能为那些心中有星辰和大海的读者写作。当我做出这种选择的时候，大概已经注定我就是一个小众的作家。

这个世界如此破碎，价值体系只会随着科技的往前发展而变得更为细化，作家要做的只能是顺势而为，依时而动。这些年来我一直在思考如何从通俗传奇小说中吸取营养，我认为将严肃文学和通俗文学进行简单两分的思路是非常不负责任的。对于文学场外的人，你可以告诉他们文学有严肃与不严肃之分，因为这个区分在他们那里并不存在。你说你是写小说的，他就问你是写什么小说的，他期待的答案是武侠小说、言情小说、科幻小说、悬疑小说这些能够快速定位的文类。而作为一个严肃文学作家，你无法把自己快速归类，你也不愿意进行归类，于是你需要给他科普严肃文学的概念。但如果你是文学场域之内的人，就不能像区分山羊和绵羊一样将文学分为严肃和通俗。这两者之间是会流动的，是会互相成就的，是可以互相转化的，比如曾经通俗的《红楼梦》如今变成了严肃文学的经典。同样的，如果认真拆解，余华的《活着》中也不乏通俗文学的故事技巧。类似的例子还有《基督山伯爵》《失明症漫记》《漫长的告别》《天龙八部》《奇鸟行状录》《冰与火之歌》《三体》等等，这些介于通俗与严肃之间的作品，各自有着更为具体的面相，它们甚至有可能因为时间的流逝而突然具有了先锋的意味。

所以，文学的评价往往具有后置性，喧嚣的文学场背后，尘埃落下去会有更厚实的土地，那里才是文学的正统。我相信在雅俗之间藏着小说写作的密码，我愿意在其中寻找新的可能。正如伍尔芙所说，“莎士比亚的剧作看似凭空而就，自成一体，但只要拉歪蛛网，钩住边角，扯破中央的网线，我们就会想起来，这些蛛网并非是看不见的精灵铺就于半空的，而是出于受苦受难的人类之手，并且和相当具象的物质息息相关：诸如健康、财富和我们栖身的房屋。”

许多人有个误解，认为当下就应该坚持用现实主义进行时代书写，殊不知，具有探索意义的书写并未背离现实主义的原则。或者说，我并不在乎我遵循的是什么主义，而这就是我看到的全部现实，只不过我在自己所能触及的现实中增加了一些类型文学的技术和装置。比如说“分身术”，它其实就是一个装置艺术，在时间和空间的维度探索特定的条件下人会如何与自己相处。而“折叠术”则是对人自身欲望的讨论，可以视为一种疾病。总体而言，我笔下的人物总在逃离困境中寻找意义，这些困境包括来自自身的欲望和恐惧，也包括时代滚滚向前所产生的裂缝。人总容易掉进坑里，需要很久才能爬出来。比如我小说中的“分身术”设定，就是一种关于可能性的哲学。对可能性的探讨，加上绵密的隐喻、蜘蛛网一样的结构，构成了寓言式写作的基本质地。最早写《黑镜分身术》的缘由，是我有一回和家人谈起往事，忽然说到小时候一个巫婆邻居的故事，想起了一些情景。当时就觉得应该可以写点东西，但也没有想到会写一个系列。潮汕地区确实重视鬼神，我们村子周围有大大小小几十路神仙了，逢年过节总要进行各种拜祭。有一天我看到一份关于平行宇宙的资料，突然发现这帮科学家慢慢成为玄学家了，同时想起我小时候那个巫婆。此后一段时间，我试图将科学理论和故乡那些神神鬼鬼的故事进行对接，于是有了《黑镜分身术》。后来我发现其实这样的思路是一种创作的潮流，比如这些年很热门的电影《雷神》《普罗米修斯》等，它们都在做一件事，就是将最新的科学理论和古老的神话进行某种自圆其说的对接。这样的创作路径给我们营造了一种似是而非的感觉，仿佛现在的现实和古老的故事，也可以存在另一种解释。或者说，这是在将古老的想象力和未来的想象力进行对接，古老的想象力就如密封的原浆酒坛子，而未来的想象力是一种先进的勾兑技术，二者对接，一下子就造出了令人眩晕的美酒。所以这也给我们开发地域文化以一种启示，不能回到老路子，要开拓新的路径。现在如果还觉得要去鼓捣方言那一套，那是在钻牛角尖。

23 像蜘蛛一样保持输出

写作陷入困顿的瓶颈期非常可怕，有时候这种状态会让一个势头很好的作家武功全废。写作瓶颈的出现有时候是因为对自己的要求太高。写作这门手艺存在一个隐秘而稳定的“海平面”，那就是对调遣词句所能达到的维度保持敬意。因此有人说：“90分是作品的一道金线，低于90分的作品全部无效。”这样的说法有一定的道理，在漫长时间里留下来的，多数是当时的高分作品。但这个说法也是一个很不严谨的讨论模型，因为在不同的人那里，这条分数线的定义必然差异巨大。如果要说80分的作品和90分的作品有何不同，那可以这么理解，写一部90分的作品需要运气，很多时候付出的时间精力大概比另外写两三部80分的作品还要多。虽然每个人对于90分的定义不同，但我想，一个作家必须有追求90分作品的信念，才有可能获得90分灵感的青睐。然而，让一个作家成为重要作家的，大概是一部99分的作品，但99.9%的作家都没有这样的耐力、天赋和运气，大部分人终其一生都没有办法完成自己。所以可以想象这么一个场景，茫茫大海中每个作家都在为了成为那0.1%

努力寻找自己的岛屿。如果加上时间的参数，那么就更不知道90分的金线存在何处，因为时间还经常让当时的人认为不及格的作品后来成为经典。世界各国都有各种禁书，各种不入流的书，后来因为时间的推移，时代的光再一次照到这部作品上，让它突然伟大起来。当然，作家无法守株待兔，更不能狂妄猜测时代的聚光灯就必然照到自己头上，唯一的希望是写出自己认为最高分的作品。但正是这么一点点希望之光，成了写作这个行当最大的幸与不幸，每个作家都期待在不远的未来，幸运之神突然降临到自己头上。

顺便说一句，作家真的应该感恩那些能发现好作品的编辑和评论家。在这个文学场里，最珍贵的财产是那些对小说依旧葆有审美的心灵。在他们那里，世界上只有好小说，没有小说家。而充满看不见的游戏规则的世界太油腻了，那么多的人情和酒局，让人不知道该如何才好。

写不下去不是一个时期，而是每时每刻都在发生的事。总体而言，我不是一个特别聪明的作家，别人走直线就能到达的境地，我总是曲曲折折才能走到，所以每次感悟都特别多。正因为如此，我几乎每部作品都有“写不下去”的时刻，常常感觉十分沮丧，觉得自己就要难产而死，江郎才尽。不过每每经历一段时间的煎熬，总能起死回生，觉得刚完成的这一篇还行，后面保不准就写不出这样的了。创作的本质应该是一种欲望，就如孔雀需要开屏，三角梅需要开花，保持欲望的方式，大概是不要活得太差，也不要活得太好，就像我现在的状态，我觉得也挺不错的。

写作本质上就是和时间对赌，赌谁更能接近永恒。所以面对这样的难题，我的经验是：保持输出。保持输出可以让人不剥离于时代，可以让人清醒地凝视自己的问题和不足，从而才有可能形成具有流动性的累积和储备，而不是机械地叠加知识。保持输出几乎是作家在困境中的唯一选择。只有在绝对的孤独之中进行创造，才有可能重返人群，感受到别样的景致。

另外，我还很喜欢写创作谈。创作谈有时候确实是很好的道具，能让自己突然明白身处哪个舞台，明白自己正在演哪一出戏。所以可以将创作谈视为自己和自己谈创作，这一部作品中没有完成的部分用创作谈说出来时，有时会把自己吓一跳，“哦，原来我是这么想的”，因而下一部作品说不定就会做得更好。

这些年，我在小说里书写了很多关于死亡、谜团、孤独、恐惧等主题的故事。人性的反思和书写，是广大从事形象艺术的人都在研究的课题，包括电影和小说，都需要不断去剖析人本身。对我而言，我探索过很多生存主题，比如孤独、恐惧和死亡，但并不存在一个一成不变的主题。就如我现在每天的生活，其实也面对着不同的主题，需要跟不同的人打交道，需要不断拓宽自己原来对人性的认识，以让我适应这个世界，也让我的感觉更为精准。有人疑惑我为何要用脱离现实的幻想来支撑故事，但恰恰相反，我认为在这片土地上发生的种种怪诞的现实才是我想象力的支点。比如我设置的分身术，其实还可以往前一步进行深挖，分身术不是小说的支撑，现实的分身乏术才是。分身或者是因为有限的时间，因为每个人都确定只有此生此世，所以不得不分身，不得不追求多份平行的感情；或者因为逼仄的生存空间，让人不得不八面玲珑，不得不言行不一，不得不希望自己能够拥有更多的可能。或者可以说，是诸多的“不得不”构成了这个世界的基本现实，小说就是要将人物逼入“不得不”的境地。在这样的地方，想象力的起飞才具备了意义。小说创作如蜘蛛网般布满了各种歧途，有着诸多无效的难度，诸多无效的想象。想象力对小说家来说至关重要，但让想象变得有效，变得高效，我认为更为重要。

24 轻而密的蜘蛛丝

加西亚·马尔克斯在他那篇令人感动的文章《回忆胡安·鲁尔福》里这样写道：“当有人对卡洛斯·维洛说我能够整段整段地背诵《佩德罗·巴拉莫》时，我依然沉醉在胡安·鲁尔福的作品中。其实，情况还远不止于此；我能够背诵全书，且能倒背，不出大错。并且我还能说出每个故事在我读的那本书的哪一页上，没有一个人物的任何特点我不熟悉。”

由于《百年孤独》的作者马尔克斯，再加上余华的力荐，我小心翼翼地打开胡安·鲁尔福的《佩德罗·巴拉莫》，此后接连三个晚上，我都仿佛和那些鬼魂在一起，被他们吵得不能安生。据说胡安·鲁尔福对着公墓的碑文写出了《佩德罗·巴拉莫》，我想此言不虚，要不是那样，小说里就不会有那么多鬼魂的名字——我很想把这些名字给数一数，我试图在前后的名字间（因为看到后面，总忘了前面人物的名字）寻找某种照应与联系，但找不到。我不知道佩德罗·巴拉莫到底有多少个女人，也不知道科马拉到底死了多少人，似乎每个人都在说话。我本来对外国名字就不大敏感，基于这个原因，我甚至认为鲁尔福为数不多的短篇小说比《佩德罗·巴拉莫》更为吸引人，因为相比之下它们带给我的阅读快感要强烈些，并且也让我看到小说技巧的不同侧面，至少，它们不会像《佩德罗·巴拉莫》一样折磨我。

依赖情节的阅读习惯，让我看完之后还必须仔细去寻找零碎片段间的某种联系。阅读时感觉到整部小说，几乎是由声音组成的。即使是声称受鲁尔福影响巨大的马尔克斯，在《百年孤独》里的对话和独白也是非常少的，里面更多的是叙述性的语言，以叙述的语气语调取胜。

其实胡安·鲁尔福在短篇小说《北方行》里面，已经展现了他这种以人物声音为主要信息载体的叙事风格。整个《北方行》干脆就是由父子的对话写成的，前后两部分，一虚一实，一强一弱两个声部，像大风沿着高低起伏的山岭刮了过去。这幅由声音组成的图画，同样为我们的阅读制造了难度。我们先是听到了人或鬼的对话，但并不能知道他们是谁，只有到了中间，胡安·鲁尔福才小心地透露出他们的身份。我在猜测，也许是翻译的原因使我们无法看出人物与人物之间，人与鬼之间在语气语调上有什么太大的区别。马尔克斯说“没有一个人物的任何特点我不熟悉”，我想，如果鲁尔福没有以语言上的特点对人物加以区别的话，那么马尔克斯和我们看到的图画应该是一样的：先只听到吵闹声，然后再慢慢地辨认出人物的脸，再然后，为了妥当，他一定也会和我一样对照着人物的身份翻到前一页再读一遍刚刚读过的对话。

胡安·鲁尔福的小说是不带腔调的小说，尽管他喜欢让人物开口叙事，但他依然是靠叙述本身去形成推动小说发展的力量的。他在叙述的过程中，显露出自己的大师风范，对事件的叙述充满了信心，几乎没有什么地方是犹豫不决的。他像一个围棋国手，看似任由棋子随意地摆放，实际胸有成竹，早就把事件的照应放到了遥远的未来。看似零散的结构其实在整体上是十分“密集”的。我们必须穿过密密麻麻的声音之林，才能辨认出佩德罗·巴拉莫那总是说“是的”“好的”的乖巧的童年，才会知道为什么鬼魂会说“难道绞死的人连顿足的权利也没有吗”，才能知道小说中的仇恨和爱、暴戾和顺从、现实和回忆、罪孽与宽恕是如何十分稳妥地布满每个角落的。

在这个中篇小说中，爱情、政治、历史、鬼怪、革命、暴力、温情、贪婪、机巧、宿命等这些小说家所能涉及的题材，胡安·鲁尔福几乎全部有涉足。我在他的语言迷宫之中迷路了。让人迷路这一点，《百年孤独》倒是学得很到位。由这个特点，我们似乎也可以得出这样的结论：为了让虚的世界和实的世界紧紧地联系在一起，小说家像蜘蛛织网一样在它们中间建立各种各样的联系，使阅读的人根本就看不出裂缝和质地。魔幻要在现实中取信于人，光靠一些评论家说的“在当地这些本就如此”是远远不够的，一部征服了世界人民的作品，它必须选择自己的叙述策略。而我认为，胡安·鲁尔福和加西亚·马尔克斯几乎同时选择了“密”。或者说，1955年胡安·鲁尔福写成《佩德罗·巴拉莫》，1961年加西亚·马尔克斯读到了它，1967年加西亚·马尔克斯完成了自己的《百年孤独》，一条类似蜘蛛织网的文学脉络就这样流传了下来。

在人性、灵魂、心灵的层面上，胡安·鲁尔福告诉我们小说中人物的立体感是由于观测的角度不同而形成的。小说的开头让母亲说出她对父亲的评价：“你一定要去看看他呀……他时而叫这个名字，时而又那么称呼。我认为见到你他一定会高兴的。”又说：“孩子，他早把我们给忘了。为此，你可得让他付出代价。”一个母亲一直到死，才让自己的孩子去寻找他的父亲，其中的矛盾正好写出了一个被遗弃的女人的爱和恨——在反抗、抵制的同时，她已经深深地接纳。这样的情形在小说中频繁出现，就如安娜对于强暴她的米盖尔，管家富尔戈尔对于佩德罗·巴拉莫。

最后还必须提到一点，胡安·鲁尔福对沉重的主题一般都采用轻处理。比如侵占别人的田地，比如把债主娶回家，比如革命的成败（处理成滑稽），再比如人的生死大事（无论接生和死亡都显得很随便），他并不会对这些加以浓墨渲染。或者我们由此可以得出一条结论：扼杀重大事件的沉重感，形成有厚度的故事，“轻”是“密”不可缺少的帮凶。轻而密的蛛丝能够拉动巨大的石头，拉住时间的车轮，将本来不属于小说的部分全部拉到小说的这一边。

25 向蜘蛛学习写作

蜘蛛织网是装置，而蜘蛛本身必须是诗。

诗终究还是隐喻的艺术，它需要声东击西、旁敲侧击，它需要言在此而意在彼，它需要项庄舞剑、需要顾左右而言他。诗歌是在方寸的土地里建造宫殿，它要求在有限的语词空间之内提供丰富的意义，这就要求语言需要具有十分必要的密度。诗歌用它的高超隐喻和语义密度形成特殊的艺术效果，小说家将之运用到小说艺术中，于是就形成了寓言式的写作方式。我不知道有没有其他作家如此命名自己的写作，但我的确从很早就意识到我在写的是一种具有绵密叙事风格的寓言。无论是我的中篇还是我的短篇，我都采用蜘蛛织网的手法推进故事，我相信即使只是一个残破的蜘蛛网，只要有阳光的照耀，蛛丝也能发出灿灿的光亮。所以要向蜘蛛学习写作，要学习它俯瞰的视角，要学习它叙事的密度，要学习它的从容和韧性。就像你知道蜘蛛网一直都在，但你却不可能一眼看穿它，小说家要做的，就是不被读者一眼看穿。

不被一眼看穿，这应该说是一种创作心理。我坦白我从诗歌的练习中获得了一种潜在的先锋精神，它要求我必须隐藏自己，同时不要重复自己。我很难容忍自己的文本出现简单而单调的重复。这并不意味着我刻意将要表达的东西藏了起来，或者故弄玄虚。如果一个正常水平的读者读完我的某篇小说，然后不知道我到底讲了什么，那只能说明他读到的刚好是我的失败之作；如果读完我的全部作品后感觉都是如此，那么只能说明寓言的装置没能将诗以蜘蛛网的方式展现在阳光下。我很早就明白寓言式的创作方式容易招致怀疑，不受待见，会在很长时间里不被认可。其实我有能力写好一个让他们感觉好读的故事，但我避开了，选择了一条剑走偏锋的路。从《黑镜分身术》开始，这样的选择已经成为必然。

在南方写作，不可能像在西北高原那么爽朗直接。如果说南北有不同，那大概是西北的长枪大刀与岭南的绣花针之间的不同。我去了北方才知道北方人种田都是成片的，而南方人种田如绣花。北方作家如老牛耕地，一口气跑下去，出来的都是大东西；而南方炎热，我只能像蜘蛛织网，走走停停，晃晃悠悠。但晃晃悠悠、声东击西地写作，并非没有逻辑。在诗意之外，还应该做一只有逻辑的蜘蛛。

小说是语言的艺术，拆卸了语言的蛛丝，小说将一无所有。小说是一个非常宽阔的峡谷，不同的语言风格就如不同的动物，有的飞在天空，有的潜在水里。因此，应该根据现实与虚构之间的协议的疏离度选择匹配的语言。举例来说，毕飞宇的小说《玉米》的语言是潜在水里的。他可以像穿梭的鱼，自由选择内在逻辑，而且他的操控非常稳定，不上蹿下跳，老练而迅捷。

马里奥·巴尔加斯·略萨在他那本著名的《给青年小说家

的信》中曾这样写道："当小说中发生的一切让我们感觉这是根据小说内部结构的运行而不是外部某个意志的强加命令发生的，我们越是觉得小说更加独立自主了，它的说服力就越大。当一部小说给我们的印象是它已经自给自足、已经从真正的现实里解放出来、自身已经包含存在所需要的一切的时候，那它就已经拥有了最大的说服力。"略萨所说的就是小说的逻辑问题。而逻辑本质，其实是关于语言的效率问题。如何组织词语和句子，让他们有时像步兵一样前进，有时又像街头的流浪汉那样慵懒，这需要极高的操控力。而在读者那里，这样的操控力，就会体现为小说的说服力。而为了拥有这种说服力和秩序感，作家必须巧妙选择他的叙述人，也就是作家的代言人，用贴切的语言将读者带进街头的小酒馆，而且要让他们对酒馆门口的流浪汉视而不见，要埋伏，要隐藏好打死流浪汉的枪口，要让故事在不动声色中推进，要让酒馆里的男人暴怒，而老板娘总是非常合理地说些撒娇的话。

更具体地说，逻辑及其产生的叙事效率，服务于小说营造的沉浸式体验。"沉浸"这个词是在人工智能成为热门话题之后才开始流行起来，之前我们只听说"沉迷"，沉迷电子游戏，沉迷女色，都是负面的词。但"沉浸"不一样，它很好地描述了"整个泡在里面"的状态。对于小说家而言，他的全部努力，就是希望让阅读的人能整个泡进去，为此他需要小说语言的逻辑秩序，也需要语词的使用效率。故此加缪说："一位作家首先要学会的技巧，就是如何将他感受到的转换成他想要人感受到的。前面几次的成功都是偶然。但接下来偶然一定要被才情所取代。所以说天才的崛起有一部分须归功于运气。"（《加缪手记：第二卷》）作者需要将体验和感受悄无声息地从自己心里转移到读者心里，敲着桌子大声吆喝显然不合适，除非织网的蜘蛛是变形的。

变形的蜘蛛可以随时将自己变成甲壳虫，可以随时以小说家的口吻直接在文本中撒野，当然，这种故意为之的操作，必须具有非常高的情商，必须知道在什么时间退出读者的客厅，将虚拟的宁静还给读者。无论是作者从幕后跑向台前，还是玩弄形式将平面的蜘蛛网变成四维空间，最终都是为了让读者找到小说的开关。所有的故事都需要一个开关。这个开关可以安装在故事的主角身上，主角出场作者就退场，比如《红楼梦》，这部古典小说竟然十分先锋地在开篇出现了曹雪芹的名字，但作者随着故事的打开快速退场。当然故事的开关也可以不在主角身上，有一些小说压根就没有主角，或者多主角，开关成了安装在人物背后的探头，它准确地瞄准了能够析出意义的区间。

如果说蜘蛛的诗意、逻辑和变形构成了小说的起点，那么能析出意义的故事区间就是小说的落点，中间的抛物线就是故事的主题。小说的落点几乎决定了整个小说的价值，但不同作家对于小说落点的处理各不相同。比如海明威的《老人与海》，它是有一个完整的故事区间，可以承载解读的意义。而对于王小波来说，他显然希望能析出意义的故事区间更为破碎。王小波如果处理老人与海，可能就不是这么来，他会把故事切碎，不会让老人这么一步步将大鱼的骨架拉到岸上。

对于这只写小说的蜘蛛来说，织网应该是一项跳跃运动，而不是跑步。多年之前我在电影里见过那些武功高强的日本忍者，他们在密林山涧之间跳跃追逐，而不是慢悠悠的跑步，写小说应该是那样一种状态。你不能在托尔斯泰写过的轨道上写，那样的创作是没有意义的；同样，你也不能跟在王小波后面写，他的阴影应该足以将你覆盖。只能跳到他们前面去，在《西部世界》《副本》《权力的游戏》这些影视大制作之后，小说也要跳到前面去，打开一扇没有人打开的窗户。然后小说家还要蹑足潜行，腾身跳跃，不要留下任何痕迹，内心却坚定地相信自己必将杀出一条血路来，这是多么不容易的事业。

这样一只有自己精神领地的蜘蛛，它俯瞰而不自恋，不能把“天子式的写作”当成“天才式的写作”。作家当然要注视自己，把自己作为写作的标本，但又不能只注视自己这么一个标本，要明白自己只是万千标本中的一个，只是恰巧被你所拥有而已。我们需要天才的自信，但不需要目空一切的傲慢。

不能懈怠和粗俗，不能废话连篇，而应该让作品有包浆，技巧内藏，让必需的每一个字圆熟、可触摸。而且，他不能不勤奋，又不能太勤奋。这世上有很多行当可以凭借勤奋去取得成功，只有写作不能。对于作家来说，绝对不是越勤奋越好，太多勤奋的人写出了一堆无效的狗屎。作家甚至还需要一点懒散，一些恰到好处的偏见，这能让作家变得更加从容。而这么理想主义的蜘蛛，大概只能倒挂在想象的屋梁之下，闪着落日的光辉。

下篇

经典范例

01 1 王小波的写作秘密何在？

作家王小波于1997年在北京因心脏病去世，年仅45岁。“王小波之死”引发了媒体的广泛关注，随之而来的“王小波热”席卷网络长达数年，王小波的某些句子开始广泛传播，有网友自称“王小波门下走狗”，许多模仿王小波的作品也被传阅并结集出版。生前低调的王小波被塑造成世纪末的文坛神话，对他的推崇与争议让他成为令人瞩目的文化符号。王小波的文字风格独特，幽默风趣，对许多问题有深刻的洞见却举重若轻。王小波的作品一再重版，特别是以“时代三部曲”（《黄金时代》《白银时代》《青铜时代》）为代表的系列创作，至今仍然拥有庞大的读者群体，畅销不衰。王小波以其独特的风格吸引了大量的读者，但这样一种风格的特点和成因，至今缺乏有效的概述和提炼。那么，什么才是王小波作品的独特品质？王小波的写作秘密何在？

（1）王小波作品风格化最重要的密码

从阅读体验的角度来审视王小波的小说，读者的愉悦来自王小波激荡的思维、幽默的语言和故事的多维展开。对这样的阅读体验进行总结不难发现，王小波的小说中有很多故事情节会重新开始，重写一遍，比如在《万寿寺》中薛嵩一遍遍造囚车，《红拂夜奔》中红拂一遍遍实施自杀，《寻找无双》中王仙客一遍遍寻找无双。在王小波的写作中，包括小说和杂文，这样一遍遍重新开始讲故事的写法存在普遍性，这与其说是一种写作风格，还不如说是一种创作思维。具体到小说创作，这种创作思维在王小波传奇题材、革命题材、未来时间题材的小说中都有淋漓尽致的体现。在此我们无妨将这种"推倒重来，循环反复，将几个人物反复变形"的叙事技术，命名为"沙盘诗学"。这样的命名并非牵强附会，只是用一个名词来界定一种现象，以此更好地贴近作者创作的本意。"沙盘诗学"就如沙盘重建，一遍遍周而复始、推倒重来，但每一次的描摹又会留下阅读的快感。更进一步可归纳出"沙盘诗学"的基本特点是：特定的标志性词句、夸张的故事样态、穷尽可能的情景模拟、可反复修改和推倒重来的情节。"沙盘诗学"就如一个语言的旋涡游戏，它既让他产生小说叙事的动力，同时也让他的小说呈现寓言化的倾向。

有了"沙盘诗学"这样一种理论假定，对于我们把握王小波创作风格化的密码至关重要。那么，王小波的"沙盘诗学"作为一种创作技术是如何形成的？它的形成，应该不是一种简单的创作习惯，而是王小波独特的思维方式所致。一个作家的创作思维方式的形成，必然基于非常复杂的思想资源，要挖掘这个问题只能根据有限的论据进行推测。换言之，若要弄清楚为何王小波的写作风格与同时代的作家迥异，则不能绕开王小波作为第一代编程高手这一特殊身份。我们需要试着从王小波的小说和信件入手，分析王小波是如何从编程思想中吸取养分，从而在思维层面影响了小说创作。

需要强调的是，“沙盘诗学”的本质是一种重复运算的思维，或者说是哲学意义上的“重复”。对情节进行重复书写，对故事进行重复讲述，其实也并非一个完全新鲜的创作路径，索伦·克尔凯郭尔、吉尔·德勒兹、希利斯·米勒等人都有过独到的论述。当然，王小波的“沙盘诗学”，应该不属于这个哲学谱系，而是一种理性算法和逻辑思维的迁移。他的小说常常令人开心大笑，但是他的用意并不是创造一种喜剧效果，也并非要论证某个哲学问题，他希望在一遍遍的故事讲述中，能够抵达小说艺术的“无限可能”，从而创造一个诗意而有趣的精神世界。

（2）计算机思维对王小波创作的影响

王小波的作品有着鲜明的风格，具体到语言的层面，可以看到许多标志性的词语和句式，比如“综上所述”“众所周知”“……的事情就是这样”“有关……的事，还有必要补充如下”“……的事是这样的”“对以上故事，又可以重述如下”等。如果采用补充、解释、重述的句式，几乎都是放在段落的首句，且多数句子后面加上了冒号以表示下面内容为展开部分。许多评论者认为这样的句子非常欧化而繁琐，缺少中文句法的简洁明了，令刚开始阅读王小波作品的读者感到莫名其妙。但是，那些熟悉王小波作品的读者，则会从这些标志性句式中感受到一种蓬勃的力量和阅读的快感；而模仿王小波风格的其他作家，也一定不会放弃模仿类似的句式。这一点可以在后来结集出版的《王小波门下走狗》系列图书中得到佐证。

那么，这些风格如此鲜明的句式，是从什么时候开始出现在王小波笔下的呢？翻阅收入《黑铁时代》中的早期作品，一直到《唐人故事》，都没有看到类似特点鲜明的句式。这样的语言风格在《黄金时代》中开始出现，在他去世前一年才完成的《青铜时代》中最为浓烈。那么，从早期作品到《黄金时代》间，有什么东西影响了王小波的风格走向？这段时间，他干什么去了？

在《我对小说的看法》这篇文章里，王小波讲述了他在二十七八岁看到图尼埃尔《少女的死》这篇小说之后，出于对好作品的敬畏，竟然长达十年没有写小说："因为这个发现，我曾经放弃了写小说，有整整十年在干别的事，直到将近四十岁，才回头又来尝试写小说。"梳理他的人生历程，从二十八岁与李银河结婚到1991年调入中国人民大学任讲师，讲授电算化课程与专业英语，这十年中他最重要的经历是赴美国匹兹堡大学读书。匹兹堡大学的隔壁便是卡内基梅隆大学，这所学校的计算机系水平是美国顶级。王小波在美国接触了计算机，并展现出过人的天赋。从他与友人的书信中，可以大概了解他的计算机水平：

闲着没事搞了个发明。原有中文软件是用线扫描方式出汉字。我做了一个用调整字模发生器方法出汉字的系统，自以为很优越，可惜还未找到用户。用此法可以很容易地在西文软件上出中文窗口，还在SPSS上加了几句骂娘的话。（1991年5月）

晓阳托人带来软件，周转很多日才到手里，软盘有些污损，坏一片烂一套，不可用矣。但是十分感念晓阳的好意。去年托人带来的中文软件（严氏By×），我用着尚好，而且又用

C语言仿编了一个，程序是我的，拼音字典是人家的，执此招摇撞骗，骗了一些钱。干这个事，熟悉了C语言，都是拜晓阳所赐。（1991年9月）

他在《苏东坡和东坡肉》这篇文章中也提到他自己编写了写小说的软件："这是因为我写文章的软件是自己编的，别人编的软件我既使不惯，也信不过，就这么点原因。但就因为这点小原因，我在编程序这件事上，还真正有点修为。"王小波在谈到编程和计算机时，传达出来的感觉总是自信和得意的，特别是在他自己编写写作软件这件事上面。

根据他的信件及文章中透露出来的信息，我们可以大概归纳一下：

1988年，王小波便懂得Macintosh，也用过IBMPS/2。那年他毕业于美国匹兹堡大学，获得硕士学位。1990年，他在北大教统计，学习了FORTRAN。1991年，他做了一个系统，用调整字模发生器方法输出汉字。1992年，他用自学的C语言编写出了各种写小说的工具和软件。1993年，他终于买了一台286，"这些日子在改造软件，作了不少汇编工作。其核心是它在虚拟保护方式（virtual address protected）下工作，以便利扩展内存（expanded memory）"。

所以，王小波当时的编程技术，已经不是一个爱好者水平，而可以说达到了专业级别。他是一名非常优秀的程序员，还能靠卖软件赚一大笔钱。此时的中国计算机互联网行业还没有真正萌芽，马化腾还在深圳电信上班，马云还在琢磨如何做大中国黄页，李彦宏还在加州没有回国。如果王小波没有去世，必然会在互联网时代有传奇的故事。王小波对计算机编程的热爱，也并非因其能赚钱，更多是出于兴趣。不过王小波并没有继续写软件赚钱，编程成为他平时喜欢捣鼓的一个爱好，他在1991年9月2日给朋友晓阳的信中说：“不过现在我对微机已无兴趣，因为发现写小说也可赚到钱。”他这样说并不意味着他不捣鼓电脑，而是不再用它赚钱，把主要的精力放在小说写作上。至1993年3月他入手一台286，其间不断在摆弄他的写作软件。他喜欢计算机这种逻辑鲜明、新潮有趣的东西。王小波的外甥姚勇（歌手，“水木年华”乐队原成员）曾在知乎网“王小波的计算机水平有多好？”这个问题条目下描述舅舅王小波：“他人生最后几年，Windows 3.2开始普及。然后是Win95。他开始从DOS转向Win32 SDK编程。最终非常任性地熬夜苦干了很长时间，把输入法转为Win32 SDK 在Windows下正常工作。当时Windows已经有不少汉字输入法。尤其到了Win95时代。他这么做也只是出于兴趣而不是在DOS时代的必需。”

纵观王小波一生，有两样东西从来没有离开过他，一个是写作，另外一个便是计算机编程。王小波接触计算机之后，就投入了巨大的热情，从来没有间断过。他既熬夜写小说，也熬夜写代码，这为他后来的深夜病发埋下了伏笔。

很多人从王小波的这段经历中看到他很聪明，是个能玩硬件、写软件的理工男，文理兼备，但忽略了计算机思维对他的小说创作的巨大影响。一个人左手编程，右手小说，左右手之间理所当然会产生影响。况且，他还用自己编的软件来写小说，而当时的多数作家还停留在纸笔时代，因为要到十年以后个人电脑才逐渐普及。那么，计算机编程对王小波写作的影响，到底体现在什么地方？

（3）从“故事新编”到“沙盘诗学”

首先，计算机的便捷性为王小波的小说修改提供了可能性。

王小波曾不止一次表达过对杜拉斯小说《情人》的喜爱。他在《我对小说的看法》中写道：“杜拉斯也说，《情人》经过反复的修改，每一段、每一句都重新安排过。照我看，她的其他小说都不如《情人》好。”然后在《用一生来学习艺术》这篇文章中又更详细地谈论《情人》精益求精的修改，“我认为这篇小说的每一个段落都经过精心的安排：第一次读时，你会感到极大的震撼；但再带看挑剔的眼光重读几遍，就会发现没有一段的安排经不起推敲……我对这件事很有把握，是因为我也这样写过：把小说的文件调入电脑，反复调动每一个段落，假如原来的小说足够好的话，逐渐就能找到这种线索；花上比写原稿多三到五倍的时间就能得到一篇新小说，比旧的好得没法比。”他从杜拉斯《情人》那里得到最大的启发，是一部传世之作必须反复修改，一直到改不动。这样反复的修改，如果还是用纸和笔，“批阅十载，增删五次”，则效率极低，会把人累坏，篇幅如果长了，那简直难以想象；但如果“把小说的文件调入电脑”，那么每一次文本修改调整只需要轻敲键盘，非常容易实现。这样的文档修改在如今看来是理所当然，但这种从纸笔到电脑的写作工具的变迁，其实无异于写作史的一次工业革命，极大提升了生产力。

有了计算机的帮助，王小波对修改小说变得“很有把握”。这种自信还来自一种创造模式上的暗合。这世界上的创造可以分为两种：一种属于“无中生有”，没有师承，心血来潮；另一种则属于必须有所依凭，有所借力，讲究来处和传承，在前人的创造上起跳。同一轮明月升起，“床前明月光”属于前者，诗意忽然而至，在心头蒸腾而起；而“沧海月明珠有泪”，则属于后者，凭借“鲛人”的故事起跳，意蕴幽深。两种创造模式没有高下之别，也常常交错。但纵观王小波的创作，应该说更多属于后者。王小波早期创作很大一部分在开发《太平广记》中的唐人故事，属于“故事新编”：《立新街甲一号与昆仑奴》改写自《昆仑奴》，《夜行记》改写自《僧侠》，《舅舅情人》改写自《潘将军》，《红线盗盒》改编自《红线传》，《红拂夜奔》改编自《虬髯客》。这些故事都来自《太平广记》。除此之外，王小波一直在写自己，开发自己的人生经验，《黄金时代》《三十而立》《似水流年》都属于自己生活经验的直接开发。在自己人生经验之外，他将目光投向了历史故事。他早期的“故事新编”，可以看作对于历史故事的情节重写。而后期收入《青铜时代》的三部长篇，应该也属于“故事新编”，《万寿寺》《红拂夜奔》《寻找无双》三部长篇小说的历史故事分别来自《红线传》《虬髯客》和《无双传》（前两部以其早期小说为底稿，可以说是“重写之重写”），但属于更复杂的情节重写，后文再展开叙述。

对王小波来说，有了这些历史故事，相当于有了一套原始的文件数据，他可以根据这些原始数据加入函数和变量，从而演绎出一个多线程的故事。查询维基百科“C语言”词条，可以看到下面的描述：“C语言由函数和变量组成，C的函数就像是Fortran中的子程序和函数。”计算机语言的函数与变量之间的逻辑思维，逐步影响了王小波的小说，甚至可以说从内在上形成了王小波的小说风格。

现在，让我们回到最开始的问题，为什么王小波的小说中会有那么多标志性的词语和句子？如果将计算机编程语言与王小波的标志性语言风格联系起来，就能看到其中存在内在的一致性。“综上所述”“众所周知”“……的事情就是这样”“有关……的事，还有必要补充如下”“……的事是这样的”“对以上故事，又可以重述如下”这些在小说中起到补充、解释、重述作用的句式，相当于一个“子线程”或者一行“注释”代码，当“子线程”的任务完成，它还是需要“Return”的，回到主进程上面。而这样一次次调用原始数据，又一次次执行函数和变量的“子线程”，便形成了王小波小说中“沙盘诗学”的特殊现象和风格。具体到小说中，薛嵩和红线的故事一遍遍重演，李靖一遍遍在路上奔跑，诰命夫人一遍遍自杀，王仙客一遍遍寻找无双，王二一遍遍复述陈清扬到山里找他的故事。每一次重复之间并不存在必然的因果关系，因为每一个重复情节单元只对主干情节负责。每一个“函数”与“变量”得出来的结果，都展开故事的一个空间，每一个空间既平行又重叠，形成了一种轻逸而繁复的美学。

对这样一种独特写法的探索，王小波也不是一蹴而就的，他需要在内心反复论证才能确认它的可行性。更大的可能是，王小波自己也没有意识到代码与文字之间存在这样的影响，因为他从来没有在公开谈论创作的时候提到这一点。“沙盘诗学”作为一种艺术风格，应该是伴随着王小波的编程技术日渐进步而趋于成熟。王小波说他曾中断创作小说十年，去干别的事。而他的小说创作是否如他所说中断了十年之久呢？十年大概是一种稍微夸张的说法。他在结婚后十年中逐步掌握计算机和编程，但同时他从来没有放下对完美小说的追求。根据房伟整理的年谱，王小波在二十八岁结婚到三十七岁出版第一本小说集中间，一直在写作《黄金时代》这部中篇小说，1986年还得到老师许倬云的指点。在《从〈黄金时代〉谈小说写作》这篇文章中他写道：“其中《黄金时代》一篇，从二十岁时就开始写，到将近四十岁时才完篇，其间很多次地重写。现在重读当年的旧稿，几乎每句话都会使我汗颜，只有最后的定稿读起来感觉不同。这篇三万多字的小说里，当然还有不完美的地方，但是我看到了以后，丝毫也没有改动的冲动。这说明小说有这样一种写法，虽然困难，但还不是不可能。这种写法就叫做追求对作者自己来说的完美。”这样的说法必然和前面中断写作十年的说法是矛盾的。如果二者要同时成立，那只能这么理解：对《黄金时代》这样他视为完美的小说的追求，一直没有停止过，即使他在美国学习编程的时候也是如此。

因此可见，王小波的创作思维跟计算机编程的创作思维具有一致性，计算机编程不单给他提供写作的新工具，给了他反复修改小说的新可能，也给了他小说创作的新思维。沿着“沙盘诗学”这个角度走进王小波的小说世界，便可以更为从容地理解王小波这样一位值得钦佩的作家，同时也能窥见他美学风格的一些秘密。

（4）诞生于编程算法的“沙盘诗学”

长篇小说一直被视为一个小说家写作的高地，作为对完美小说有艺术追求的作家，王小波必然希望自己能留下可以传世的长篇作品。1991年，王小波的小说《黄金时代》获得第13届《联合报》文学奖中篇小说大奖，奖金为25万新台币。这一笔不菲的奖金为王小波1992年9月辞职专门从事写作提供了经济上的保证，客观上也就保证了王小波写作长篇的时间。但更应该注意到，这一个阶段，计算机和写作软件作为写作工具也对王小波的长篇写作起到了重要作用。

王小波在辞职前后给友人的信中，最关心的是他的286电脑。在1992年7月给朋友晓阳的信里，他说："我这一台老PC/XT，用了六年换不下来，太惭愧，近来老想狠狠心，花几百块买个286主板换上，老婆又不同意，真是要命了。我自编软件又有进展，把一部分程序递归化，出现了很新奇的特征。等我换了286，就需要能写虚址方式的C语言了，未知晓阳能否找到？"从信中可以看到，他的写作软件已经有了新的进展，只是受制于硬件，他对朋友能用上Mac电脑表达了羡慕之情。同年9月辞职之后他在给晓阳的信中，又有大半的篇幅是在讨论计算机相关的问题，他向朋友宣布从1992年初开始写长篇（应该是《寻找无双》）。为了写长篇，"工欲善其事，必先利其器"，他先自己编了写长篇的专用软件，且兴奋地宣布已经能用了："我用C编的软件已经用熟，并做出了各种写小说的工具，别人的软件已不用了。现在主要是写书赚钱。从今年初开始写长篇，首先做了写长篇的专用软件，现在基本调通，开始写了。"然后他在信中又说："我打算换286，还是想用多于640K的内存。这就要有比现在的C更好的编程工具……我有个286用用就算行了。太好的东西我也使不出来。"10月份给晓阳的信中又说："软件方面暂时没有问题了。只是286还没买，因为听说中国要加入关贸总协定，这类东西要掉价；有钱先买家具。无论如何，我是用不到486的，因为要286也不是为了追求高速度，主要是要解决内存问题。我现在软件写得出神入化，大概8088上能做到的一切，我都做到了。自己觉得该告一段落，去写小说了。”这样的信件让人感到心酸，一个编程高手对于硬件的渴望溢于言表，而他并不是为了赚钱，而是为了让他的写作软件能更好地运行。一直到1993年3月，王小波终于入手一台286，他还跟他的这台新机器合影一张，可见对这台电脑的珍爱。

有了新电脑的帮助，王小波如虎添翼，在1993年7月14日终于完成了他的第一部长篇小说《寻找无双》，他在这部长篇的序言中引用奥维德的诗说：“吾诗已成。无论大神的震怒，还是山崩地裂，都不能把它化为无形！”言语中不无得意，充满了作品完成的喜悦。《寻找无双》与《红拂夜奔》应该完成于1993年。完成之后，王小波曾将《红拂夜奔》《革命时期的爱情》《寻找无双》三部小说合编在一起，命名为《怀疑三部曲》交付出版（未果），并为《怀疑三部曲》郑重其事地写了序言和后记。他在序言中写道：“这本书里包括了我近年来写的三部长篇小说。我写长篇小说是很不适合的，主要的原因在于记忆力方面的缺陷。我相信如果不能把已写出的每一根线索都记在心里，就不能写出好的结构，如果不能把写出的每一句话记在心里，就不能写出好的风格。对我来说，五万字以下的篇幅是最合适的。但是这样的篇幅不能表达复杂的题目。”这样的话应该也不是谦虚，而是对长篇小说写作的苛求。只要从事写作的人大概都能明白，长篇小说确实有它的难度，诸多细节的调用确实要求作家有过人的记忆力，不然容易出纰漏。当然，王小波应该也有潜台词没有说出来，那就是：幸好有计算机的帮助，克服了许多问题。

除了借助工具外，王小波也采用了独特的写作技术，来避免记忆力方面的缺陷。也就是说，他采用了情节重写的手法，不是按照时间的顺序推进情节，而是将整个故事打碎，然后一遍遍进行讲述，从而让每一个部分之间建立的不是强联系，而是弱联系，以此减轻记忆的负担。

那么问题来了，“沙盘诗学”这样一种创作思想，是因为王小波福至心灵，突然自己领悟出来的吗？到底是什么样的计算机思维在影响着他的创作，让他的小说风格与同时期的小说家完全不同？为了更好地回答这个问题，还是必须回到王小波的信件和作品中去寻找答案。在刚才引用的信件中，有一句话很容易被忽略过去，那就是在1992年7月他写给朋友晓阳的信中，他说的“我自编软件又有进展，把一部分程序递归化，出现了很新奇的特征”。可看到其中有一个关键词：程序递归化。在1992年9月给晓阳的信中，他继续讨论递归算法：“递归论我没学过。我哥哥大概懂一些。我和你说的大概是计算机内的递归算法。我在美国读的书都是关于机器的。有关算法、数据结构等等，全在国内看的，也不知英文叫什么。在C语言里是指在一个函数（相当于其他语言的sub procedure）内调用同一个函数。一般程序书里都能查到。”

那么，究竟什么是递归？递归思想是计算机编程中的一种算法思维方式。在计算机科学中是指一种通过重复将问题分解为同类的子问题而解决问题的方法。计算机科学家尼克劳斯·维尔特如此描述递归：“递归的强大之处在于它允许用户用有限的语句描述无限的对象。”更具体地说：①递归是程序调用本身的编程技巧，即一个函数或过程定义调用本身的一种方法。②递归是将复杂的大问题层层转化为一个规模比较小的问题来求解的策略。③递归解题过程需要多次重复计算，但递归的优点在于能用有限的语句来定义对象的无限集合。④使用递归算法必须有一个十分明确的递归结束条件，这就是递归出口。递归被执行会有“递推”和“回归”两阶段，当还原到最本质的状态或获得最简单情况之后就会返回，即回归。

那么，基于递归算法等计算机思维而诞生的“沙盘诗学”手法，会在小说中如何体现呢？为了便于对应理解，现也将之编号进行陈述：①分解。在面对一个整体的写作任务，递归的思维使作者将它分解为一个个小场景，类似一个个分线程进行运算。②重复。为将一个重要的小说内核进行呈现，有必要对情景和情节进行重复书写。③求解。如果故事的内核并不清晰，则可通过重复的运算让它逼近最优的解，为此会产生寻找模式，寻找记忆，或者寻找一个人。④还原。为了让运算继续，为了找到答案，必须寻找最本源的设定，必须回到事物最本真的状态。或者说，回到童年和诗意之中。⑤重置。故事和情节的每一次重写，都只调用自身进行赋值，给出不同的条件和设定。每一次运算的结果，都会返回自身，并进行故事的抹除和重置。

可以说，因为“沙盘诗学”的存在，小说在王小波这里变成了一种装置艺术，而不再是扁平的信息输出。带着这样的观点再重新来阅读王小波的小说，我们就会有一种全新的理解。当然不是说将计算机或数学的思维带到文学创作中来，就能获得全新的风格。应该说王小波的家学渊源、文学资质、人生阅历让他具备兼容文与理两种思想的土壤，并且二者十分神奇地融合了。作为中国第一代程序员，他将统计和编程中最拿手的算法策略应用到小说中，这是顺理成章的事。他在杂文《卡尔维诺与未来的一千年》中谈到卡尔维诺的文学观，认为卡尔维诺的作品中表达的是“小说艺术有无限种可能性”。显然，王小波对探索小说艺术的无限可能，表现出特别的向往。他说：“我还没有探索无限，比卡尔维诺差得远。”我们将这样一种探索无限可能的小说艺术之梦与递归思想进行比对，就应该明白这样的应用也属于一种必然的选择。当然，递归思想是计算机算法思维中的一种，理科思维对文科创作的影响应该是一个复杂的过程，也不能强硬进行比对。文学创作是一个极其复杂的系统工程，我们的推断还完全可以在阅读作品的过程中得到进一步验证，特别是王小波的三部长篇小说，因为它们的创作与王小波电脑技术的成熟几乎是同步的。

2 《万寿寺》：记忆的重写

作为“时代三部曲”之一，《青铜时代》收录了王小波的三部长篇：《万寿寺》《红拂夜奔》和《寻找无双》。在花城出版社1997年王小波去世前夕出版的“时代三部曲”中，这三部长篇在《青铜时代》的顺序便是《万寿寺》《红拂夜奔》《寻找无双》。经咨询时任花城出版社中国文学编辑室副主任钟洁玲女士，得知这样一个顺序是王小波自己定的，编辑并没有进行改动。另根据黄平教授在《王小波与文学史》一文中对其作品发表和创作时间的梳理，《万寿寺》应该完成于1996年夏天，同年冬天王小波与花城出版社签订“时代三部曲”的出版合同。所以《青铜时代》里面三部长篇是逆着创作时间排序的，其原因最大的可能是王小波认为刚完成的《万寿寺》是他最重要的作品，所以放在前面。

长篇小说《万寿寺》被许多评论家视为王小波小说创作的集大成之作，它故事繁复，像一个迷宫，在阅读过程让人感到难以进入。王小波甚至还尝试给《万寿寺》加入图画和音乐，让它在读者阅读的过程中具有立体感。按照写作时间来看，它应该是王小波完成的最后一部长篇小说，同时它的篇幅也是三部长篇中最长的。《青铜时代》中收录的三部长篇，《红拂夜奔》约为16万字，《寻找无双》约为10万字，而《万寿寺》的电脑字数约为17万字。所以，这样一部长篇的重要性不言而喻。

（1）作为原始数据的《红线传》

《万寿寺》作为一本畅销的长篇小说，被多个出版社以不同的编排方式出版，有的尊重王小波的意愿将之放在《青铜时代》中，也有的将其单独成书，以《万寿寺》为书名出版，据不完全统计，单独成书的版本不少于五个。但是搜索这五个版本的《万寿寺》图书资料，却发现没有一个图书简介能够将《万寿寺》的故事概述清楚。为了图书宣传，出版社的编辑写简介时会加上“诡异荒诞”“古今交错”这样的词语，或者干脆就摘取书中的某一段作为简介。而如果查阅与《万寿寺》相关的论文，则会发现为了解释清楚整本书的故事梗概，需要比较长的篇幅梳理线索，罗列人物和情节。

可以说，这是一个非常难以复述的故事，因为它一直在讲故事，但本身好像就没有故事。既然如此，为了弄清楚它的故事，我们通常需要从书名入手。书名“万寿寺”是一座寺院的名字，这座寺院现在还在，位于北京海淀区。在《青铜时代》编定之后，王小波还为它加了一则说明，把《红线传》《虬髯客》《无双传》的出处都罗列了一下，然后说：“读者自会发现，我的这三篇小说，和它们也有一些关系。”这话说得很幽默俏皮，也很有分寸，它的言下之意是，只存在一些关系，并不完全是“故事”新编。我们如果仔细阅读，也会认可这样的说明。原来的故事确实已经被肢解，被重新组合了。但至少《红拂夜奔》和《寻找无双》的书名，与唐代传奇故事有点关系，而《万寿寺》的书名则与《红线传》完全无关了。

其实，王小波第一次对唐代传奇《红线传》进行情节重写时，还是用了一个与之相关的小说标题，叫《红线盗盒》。那么为什么不继续采用这个名字呢？因为《红线传》里面“红线盗盒”这个关键情节，在两次情节重写之后，几乎不见了。在《红线盗盒》这个大约1.6万字的故事中，“红线盗盒”这个情节就已经被处理为一个500字左右的小段落；到了《万寿寺》这部17万字的长篇中，“红线盗盒”的情节就只剩下一句话，“看过了《甘泽谣》的人都知道红线盗盒的故事是怎么结束的：薛嵩用尽了浑身的解数，也收拾不了田承嗣。最后是红线亲自出马，偷走了田承嗣起卧不离身的一个盒子，才把他吓跑了”。

《红线传》中“红线盗盒”的核心情节被完全作为次要情节处理，那么，什么情节被留了下来？

这个故事被第一次重写时，《红线盗盒》保留了：①基本人物：节度使薛嵩、侍女红线。②敌对势力：田承嗣和他的刺客，即三千外宅男。③主人公的困难：被行刺威胁。④解决问题的方式：红线盗盒。

扩写或增加了：①增加了说书人“王二”，他以小子自称，还透露有个妻子姓胡。这是非常重要的一点，它让文本呈现双线结构，多了一条时间线——“现在”。②主人公薛嵩和红线的身份和性格被具体化了，文明的迂腐和野蛮的洒脱形成对立，两人的对话和关系成为小说的主体。红线被赋予山寨大小姐的身份。③敌对势力由刺客来执行，行刺的过程被具体化，重复的行刺成为故事的主体部分。这些刺客在唐人故事中只是一句带过，但在《红线盗盒》中刺客行刺的情节被扩写。④变化故事发生的地点，闷热潮湿的环境被具体化了。⑤次要人物官兵和刀枪等道具被具体化了。

于是，《红线盗盒》的故事成了：节度使薛嵩屡遭刺客行刺，被逼赤身裸体带着红线逃跑到后山（隐隐让人想起《黄金时代》），府第被烧，手下散去，以遗书感动红线。红线搬来救兵，后又只身盗盒，才挽回失地和颜面。故事由说书人进行讲述，讲述的依据是薛氏秘籍之类的版本。

我们可以看到，这是一个有起承转合的故事，符合传统故事的各种要素。也可以看到唐代故事如何作为原始数据被保留在故事中，以及作者如何对故事中的各种要素进行赋值，丰富人物的性格，让主人公之间形成情感矛盾（喜欢与不喜欢的转换），增加故事的质感，渲染故事的画面，从而输出一个双线程的完整故事。

与《万寿寺》相比，这样的故事就像一台低版本的计算机，只能进行简单的运算。到了《万寿寺》这里，我们看到的是一台奔腾起来的机器，具有强大的运算能力。“红线盗盒”的故事在这里被分解还原了，故事的开头变成：晚唐时薛嵩变卖万贯家财，带着一队慵懒散漫的雇佣兵离开长安，来到湘西，建设了凤凰寨。随后发生的故事可以概括为薛嵩抢红线、建造囚车、刺客行刺、高塔救人、长安情感戏等几个部分。其中薛嵩抢亲、囚车建造、刺客行刺等部分，被一次次进行“沙盘诗学”式处理，产生了各种可能性。比如刺客可能是男的，也可能是女的，行刺的对象有可能是薛嵩，也有可能是红线，刺客一遍遍被杀掉，随着各种赋值的不同，出现的情景也不同；又比如囚车的建造被一遍又一遍进行描写，每次囚车的功能都各不相同。

这样的“沙盘诗学”带来的新的问题：情节支离破碎，各部分的设置前后矛盾，拼合在一起之后，整套程序无法运行，也无法给读者提供阅读的逻辑链。为了解决这个问题，王小波自然而然想到双线叙事。在王小波最早的小说《绿毛水怪》中，已经出现讲故事和听故事这种最原始的套盒结构。可以说，《绿毛水怪》中的两层叙述，其实就是“双线结构”的先声。而且他早期一系列中短篇小说，都运用了双线结构。于是，王小波为《万寿寺》植入了另外一条故事线，或者说，他放大了原来在《红线盗盒》中的“说书人王二”这个角色，给他重新赋值：在北京，他多年连助教都评不上，他在写各种朝代的“精神文明建设考”，他去万寿寺修理堵塞的下水道，他跟一个白衣女人谈过一场恋爱。然后，王小波又为他安排了一条寻找记忆的故事线：他失去记忆，认不出自己的妻子，也不认识同事和表弟，对自己创作的小说书稿也完全陌生，充满怀疑。然后记忆慢慢回来了，白衣女人跟妻子重合，他也开始动手改写之前的故事。

由于这条故事线的植入和放大，薛嵩凤凰寨的故事就成为“中国套盒”结构中的里层，而外面有一个“失去记忆—找回记忆”的基本故事框架将之装起来，所以内部无论如何运算，输入任何结果，解释前后矛盾也不会让系统崩溃，因其只是诸多运算的子线程之一。正是因为情节的沙盘被不断推倒重来，所以小说需要一个更为兼容的逻辑外壳，需要一条可以连接读者和小说原始数据的故事线，也因此我们看到《青铜时代》中三部长篇，都不约而同采用了双线叙事：有一条紧贴现实的故事线，为可以抹除重来的重写线提供必要的支持。前者为后者因为重复所产生的“不统一性”提供了“统一性”的支持。而沟通两条故事线之间的管道，被略萨称为“连通管”。马里奥·巴尔加斯·略萨在《给青年小说家的信》中这样谈论“连通管”：“发生在不同时间、空间和现实层面的两个或者更多的故事情节，按照叙述者的决定统一在一个叙事整体中，目的是让这样的交叉或者混合限制着不同情节的发展，给每个情节不断补充意义、气氛、象征性等等，从而会与分开叙述的方式大不相同。”《万寿寺》的“连通管”，是通过“古今如一”的思维进行迁移的，即古代也会发生当下的事件，当下的问题也可以追溯到古代。共同的问题，共同的事物，共同的人物关系，这些都可以成为叙事在两条线索之间跳转的条件，比如“表弟的出现”，小说中是这样说的：“在薛嵩的故事里出现了一个表弟，使我深为不快。如你所知，我也有一个表弟，而且我不喜欢和薛嵩搞得太相像。”在这里，时空出现了含混，假定的现实和虚构出现了隐约相似的人物和关系，于是叙事可以通过“表弟”这样一个“连通管”来实现在两条故事线之间的自由跳跃。

至此，王小波的整部《万寿寺》终于具有了一套成熟的程序运行结构，能够将《红线传》中的人物和事件处理为原始的数据进行调用，并通过重新赋值，让它们可以吸纳王小波恣肆汪洋的想象力，呈现为五彩斑斓的画面。薛嵩故事线的每一次情节重写，最后都返回到主线程中，也就是回到现实，回到灰蒙蒙的北京城里，回到庸俗的现实之中。这样一来，所有的运算不论结果如何，都能够为现实生活提供含混的寓意空间。而北京城里的故事一遍遍盘旋出现的原因，则归结于记忆的混乱无序。这条故事线以记忆的逐渐清晰作为最终解，这个答案找到了，故事也就结束了。

（2）重复与重置

“沙盘诗学”所造成的不断重复，让原始数据的赋值和抹除成为必然动作。那么，在《万寿寺》中这样一个动作是通过什么样具体的技术来完成的呢？王小波采用了“开始”作为他的句中的标志。非常容易就可以在小说中找到以下的句子：

> 故事就这样开始了。（第一章·第一节）
>
> 这个故事暂时也这样放着吧。这样我就有了两个开始，这两个开头互相补充，并不矛盾。（第二章·第一节）
>
> 我的故事又到了重新开始的时刻，面对着一件不愿想到的事，那就是黎明。（第三章·第二节）
>
> 我的故事重新开始的时候，薛嵩已经不是个纨绔子弟，成了一位能工巧匠。（第四章·第一节）

这些语句以及与它类似的其他语句一起，构成了“沙盘诗学”的启动模式，它或者将讲述过的故事再重新复述一遍，或者将呈现过的情景再一次进行赋值并重新描摹。

值得注意的是，这些语句在前面的章节比较密集，而到了后面的章节则逐步减少。究其原因，是因为越到后面的章节，北京城的故事线占比就越来越多，薛嵩凤凰寨的故事逐渐减少。故事的重复少了，关于颜色的意象重复也呈现了由火热的红色到单调的灰白之间的变化。

我们以小说中“白色”这个意象为例，小说中有许多白色的事物，比如白皮松、白蚁、白色的霜、白云、白胡子、白马、白色衣裙、白鸽、白色的雾……小说中的女主角是白衣女子，就连妓女也是皮肤白皙。而这样的白色，是在“灰蒙蒙”的衬托之下才显得纯洁而富有诗意，同时也多解地指向苍白无聊。而在湘西凤凰寨，阳光是红的，土地是红的，刺客的血是红的，红线系着红色的丝巾，皮肤也是红的，激动起来脖子是红的，兴奋起来身体也是红的，这些代表活力的红色不断重复出现，最后又被代表了庸俗无聊的灰色和代表固定回忆的白色所取代。更为具体地说，这样一部小说，从朝阳初升开始（小说中不断提及早晨），到日落西山薄暮冥冥的黑白两色的变化，喻指想象和青春不断流失，而一切终将走向庸俗无聊。

由颜色的不断重复谱写而成的流动情感在小说中弥漫，这成为小说基调和内在逻辑的一部分。意象的重复与情节的重写所造成的纷繁蒸腾的意象一起指向生命的勃勃生机，也与“沙盘诗学”所依附的现实一起凝固成灰蒙蒙、白茫茫的大地，在这个意义上，王小波是在用故事的反复谱写完成他的小说诗学的建构。

（3）诗意对故事的拯救

通过以上的层层推论，我们大概能够明白为什么《万寿寺》虽然被视为王小波长篇写作的集大成之作，却很难被很好地概括，也很难被很好地理解。因为对读者而言，故事应是容易被读懂和理解的，而《万寿寺》这样一本小说，它在意的不是故事的完整，而是诗意的完成。

在这部小说的结尾，王小波留下了这样三句话：“当一切都无可挽回地沦为真实，我的故事就要结束了。”“一个人只拥有此生此世是不够的，他还应该拥有诗意的世界。”“长安城里的一切已经结束。一切都在无可挽回地走向庸俗。”将这三句话连起来看，我们就大概明白这样一部小说的荒凉所在。

我们开始以为王小波通过层层运算希望获得的解，是记忆失而复得的欣喜，但最后却发现艰难的运算之后得到的正解是：诗意。记忆的回归就是现实的凝固，飞扬的想象所产生的诗意之美就这样“无可挽回地走向庸俗”。庸俗的灰色大地上有“戴蓝布制帽，穿蓝布制服”的领导，还有写不完的各朝代的“精神文明建设考”，以及万寿寺重复堵塞的下水道。在一次次盘旋之后，诗意终将凝固并失去。

王小波在1997年2月至4月写给朋友刘晓阳的电子邮件中说了这么一句话：“年轻时是自由人，后来成了家庭的囚犯，最后成为待决的死囚。”这样的感慨距离《万寿寺》完成之后不久，也可以被理解为王小波当时现实生活的脚注。将《万寿寺》理解为一首生命的长诗，这样的解读对《万寿寺》来说并非是一种窄化，而是更贴近作家创作的本意。王小波曾说他早年写诗，希望自己能当个诗人；他最爱的赞美是“你真是一个诗人”；他完成第一个长篇之后，发出的感慨是“吾诗已成”；他在回顾师承时致敬的翻译家查良铮和王道乾也是诗人。相比于其他两部长篇《红拂夜奔》和《寻找无双》，《万寿寺》无疑更为圆熟。它成熟的标志在于，在这部长篇中，王小波终于不需要依赖具体的批判对象来确立他作品的意义了。王小波直接面对的是一个更为庞大的存在，更为接近生存本质的庞然大物。《万寿寺》应该作为王小波新的创作的开始，而不应该成为他的句号。正是在这个意义上，他的去世显得那么残忍，死亡中断了一个作家的创作，让它永远处于未完成的状态。未完成创作的王小波已经在他的小说中创造出飞花摘叶皆可成诗的世界，如果他能继续再写下去，那该是多么伟大的景观。

生命终将消失，诗意也终将消失，但是诗意依然非常重要，因为它是独立于此生此世逻辑线之外的另一个世界。在那里，一切都可以被还原到最初的状态，变成原始数据。要进行情节重写，要进行意象重复，则首先需要对描写对象进行必要的还原。那么，在王小波看来，最初的设置又是什么呢？在《黄金时代》中，原始数据是一个男人和一个女人，以此来对抗荒唐的批斗。而在《万寿寺》中，这份原始数据则为一个人类，赤身裸体，挑着扁担，将生殖器用竹篾挂在肚脐前面。接着这样一个原始的生命，他将遭逢爱情和性，也将见证死亡和虐恋。他将死亡与性进行了组合，从而创造了氛围暧昧的囚车和刑场；他将美好的生命形态遍历其中，于是产生了诗。而这些诗意，是身处北京郊外寓所之中的王小波内心深处对青年时代插队生活的一次次反刍。穿越时光的反顾让他深感现实的寂寞，也感到了回忆的温暖。正是在这个意义上，《万寿寺》是饱含深情的一次诗意之旅，它是44岁的王小波对20岁的王小波的一次次深夜探访。这样的探访不可能产生一个具有完美意义的故事，只能是支离破碎的记忆，一遍遍在薛嵩身上重现，从而反照着北京城里的失忆之人（既是作者，也是小说中的写书人）。

综上所述，《万寿寺》中王小波调用的既是历史故事，也是青春勃发的记忆。穿越时间而产生的诗意，完成了一次对支离破碎故事的拯救，让整部小说涌动着生命的律动，也发出一声深秋的叹息。

03

3

《红拂夜奔》：死亡作为想象力的容器

（1）讨伐之书与绝望之书

长篇小说《红拂夜奔》讲的是“风尘三侠”的故事，以雄奇的想象和绝妙的反讽令人击节赞赏。经过之前对唐人故事的新编之后，王小波使《红拂夜奔》的故事溢出了“红拂慧眼识英雄”这样的旧框架，而开始以说书人的形式对“风尘三侠”进行了变形和改造，让人物更为立体，也更为幽默。从中甚至可以看到王小波的一颗难得的童心，他用童心将古老的故事融化为夸张的卡通动画。我们很容易在这样的故事中看到王小波借助想象力所做的努力，他希望自己能用文字调动读者的各种感官，从而实现古老故事的重新复兴。

第一次改写《红拂夜奔》，王小波的小说技术显然没有后来纯熟，他以说书人的腔调出现在小说中，可以推断他当时对小说的理解应该比较接近传统，即小说是来自民间说书。在第一次改写中，整部小说还是基本遵循了“风尘三侠”的故事设置，“夜奔”也算是中心情节之一。然而到了长篇小说《红拂夜奔》之中，“夜奔”的情节已经变成很小的一部分，想象力的进一步释放并非因为故事本身的需要，而是因为故事找到了它应该征伐的敌人。或者说，因为多年在报刊发表杂文，加之王小波阅历和思想的成长，他很容易就将杂文的思维带入小说，从而为小说找到一个极为容易成立的支点。在这一点上，他的写作方式与鲁迅的《故事新编》进入了同步轨道。从中篇小说《黄金时代》开始，王小波就开始在他的杂文写作中寻找支撑体系和共生资源。我们会发现王小波很擅长做的事是，找到一个目标，找到一个敌人，然后对其进行持续打击。他总是能够找到生活中人们熟视无睹而又非常荒谬的东西，然后持续对它展开批判，架起语言逻辑的机枪进行扫射。他在小说和杂文中一次次地重申常识，不断告诉人们，很多看似复杂的问题应该回到常识的层面来理解。然而更为荒谬的是，回过头来我们会发现这个世界依然习惯性地违背常识。鲁迅当年批判过的东西，王小波又重新批判了一遍，王小波现在不在了，回头一看，应该批判的东西依然存在。许多人世间的设置依然存在，对每个人的设置依然那么残暴而令人绝望，而每个人处理这些设置的方式也依然那么荒谬，依然是有的人装傻，有的人逃离，有的人求死，而这些最终都会被绵长的倦怠所征服。

《红拂夜奔》从某种意义上来说是一本绝望之书，它也是王小波深入考察知识分子生存处境之后写就的讨伐之书。在这样的写作中，王小波悲欣交集，想象的欢愉与现实的痛苦在小说中遭逢，“夜奔”所指向的逃离并没有出路，从洛阳城到长安城到处都如铁桶一般充满了思想的禁锢，装傻、求死与沉沦成为这个时代知识分子的必然选择。所以，《红拂夜奔》写的是知识分子与权力相处的三种方式，以李靖为代表的方式是共谋、对抗与妥协，以红拂为代表的方式则是美好事物的绽放与自毁未遂，以虬髯客为代表的方式是天真的消逝与侠义的沦丧。“风尘三侠”一起走向深深的悲哀，而这一切的发生正好与证明了费尔马定理的王二形成精神上的暗合。

（2）“沙盘诗学”是小说中的加法

“沙盘诗学”的本质是一种重复运算。这种重复可以简单理解为现代小说的组装方式，而为了适配这种组装方式，要求运用这样技术的作家本身具有相对应的资源和复杂的风格。以王小波为例，我们很容易看到他作为一个作家的三个面相：一是天真蓬勃的面相，这是指他在小说虚构故事中呈现出来的想象力和童心。二是金刚怒目的面相，这是指他在杂文写作中呈现出来的犀利角度、严密逻辑和说真话的勇气。三是似水柔情的面相，这是指他在书信和回忆性文字片段中呈现出来的温柔、善良和宽容。这样三种面相统一成一个整体，而它们所围绕的内核则是王小波强大的逻辑分配能力，或者说它们由思维所调配。

对假恶丑金刚怒目，对真善美柔情似水，而进退顾盼之间是蓬勃的想象力，是高度形象化的语言，这形成了王小波创作的主要风格。而要将这种风格发挥到极致，则需要借助“沙盘诗学”的技术手段，来形成想象力重复运算所必备的故事空间。奥尔加·托卡尔丘克说：“想象归根结底是一种创造，是连接物质和精神的桥梁。”（《太古和其他的时间》）在王小波那里，想象是一种组装现实的方式，而他采用的是重复组装和重复运算。

重复运算是小说创作中的加法。王小波在计算机思维的启发下，运用还原数据、分解任务、抹除重置等方法来进行重复运算，这样的小说加法，会有非常显眼的词句作为标识。如前所述，在1996年创作的《万寿寺》中，可以非常容易找到由特定的词句形成的“沙盘诗学”的启动模式，而我们也可以在1993年完成的这部《红拂夜奔》中找到同样的标志性句子。在小说中，具体可以分为三类：

1. 以时间为标志：时间标志的出现主要是为了满足结构性的需要，比如“李靖他们住在洛阳城里时”“当年红拂当歌妓时”“红拂初见李靖时很年轻”“李靖初见红拂时”“李靖住在长安城里时已经老了”，这些时间标志就像一个个灯塔，固定在每个段落的开头位置，为下面的陈述提供了可以展开的条件。也因为这些时间点的分布，整个故事被分割成许许多多运算的单元，交叉重复的情节被不断书写。

2. 以逻辑思辨为标志：逻辑思辨成为一条若隐若现的线埋伏在故事的锦缎之中，比如有关时钟停摆的说法，再比如观赏性与实用性之辨。先介绍红拂是歌妓而不是妓女，主要是观赏价值而不是实用价值；紧接着，说红拂的口香糖没有实用性；接着切换到现代的故事线，写下属需要向领导证明自己有实用价值或者观赏价值；紧接着，又是讨论一品夫人是否有实用性；接着是说李卫公的数学书观赏性和实用性齐备；接着提到王二懂计算机有实用性，而红拂是一棵有观赏性的植物……观赏性与实用性的思辨和对举就在整部小说的不同的时间和故事线中重复穿梭，形成了阅读的快感和意趣，同时这样的重复也为被分解的故事提供了某种整体性。

3. 以事物为标志：不断重复出现的事物，是一种思维的迁移，也是为了给叙事的跳跃提供必要的跳板。比如从洛阳城到长安城，对两座城市的描绘，暗含着两种不同情状的丑陋。又比如洛阳城里的肮脏和干净，是以苍蝇的有无和大小来进行对比描写的，叙事的焦点自然从城外进入到城里；而后，这些苍蝇又成为虬髯客教授红拂剑法的道具，虬髯客为了获得这些教学道具，还要到茅厕里去抓苍蝇。又比如“证明数学定理”这件事，它在小说中不断重复，唐朝故事线中的李卫公在证明数学定理，而现代故事线中的“我”也在证明数学定理，于是数学定理成为两个故事线中间的“连通管”被不断使用。

由此可以看出，在《红拂夜奔》这部长篇小说中，原来的唐人传奇故事已经被分解为原数据，而经过一次次的情节重写，“风尘三侠”在李卫公设计的长安城里各有各的遭际，三个热情奔放的人物，三个在最开始那么可爱的侠客，最终一步步走向扭曲，而死亡和变形成为他们对于权力机器绝望的反抗和反讽。

（3）死亡作为想象力的容器

逃出洛阳城，并没有来到自由之地，李靖为皇帝建造了长安城，一座充满机巧的禁锢之城，从而成为比洛阳城还要复杂庞大的牢笼，将自己与红拂囚禁起来。《红拂夜奔》跟《寻找无双》一样，共有十章，但在第二章开始，李靖就已经死掉了。所以从整部小说的叙事节奏来看，李靖从第二章开始就成为一个死去的人、一个被还原的符号、一个可以不断赋值的人物。而在李靖死掉之后，红拂也开始殉夫自杀，吊诡的是她的自杀一直没有成功，一直自杀未遂，一遍遍地重复着她的死亡，最后，王小波还非常恶毒地给出了一个悲惨的结局：红拂被卖入青楼成为妓女。故事终于完成一个闭环，红拂辛辛苦苦完成“夜奔”，结局竟是从歌姬变成妓女。所以，大概只有死亡才是最为终极的逃离。占据了整部小说中心位置的是死亡，死亡成为想象力的容器。

在回答完“过去的生活如何”（洛阳城）和“现在的生活如何”（长安城）之后，故事的双线结构也打开了，作为故事书写者的数学家王二也出现了，李靖和红拂的死亡形成了想象力的容器，在一次次的情节重写中指涉现实的种种。而这种对现实的批判，便成为勾连古今两条线索的桥梁，因为荒谬和讽刺古今如一，具有时间上的普遍性，于是故事的设置越荒谬，也就越逼近真实。也正因为如此，《红拂夜奔》缺少了《万寿寺》的松弛和自如，它时时刻刻要惦记着敌人，奋起而击之。不过，这样的写作方式，也容易让人会心一笑，明白作者天马行空背后的所指，明白故事里幽默讽刺的用意。而他所讨论的知识分子生存问题、城市环境问题、计算机问题以及插队的经验等，大多数都能在杂文中找到对应的原型。现实的荒谬投射进了故事的荒谬之中，那么如何反抗荒谬就成为故事的主题。从整部小说的内在逻辑而言，作者采用的对抗方式是死亡：“活着成为一只猪和死掉，也不知哪个更可怕。”也就是说，现实如此可悲，死掉也许是更好的选择。《红拂夜奔》最为精巧的处理在于，荒谬的现实居然连同死亡一起被覆盖了。主人公红拂在李卫公死后，进入了求生不得求死不能的奇怪境地：一品夫人的自杀需要指标，需要合理的程序，需要有人指导她的死亡，需要洗干净肠子，需要灌水银，需要启用各种道具……红拂在叙述中似乎死掉了，又一次次被复活，变成一个量子态的活死人。红拂殉夫的这些情节不断在延宕着整个故事的进程，让整部小说形成一个个叙事的涡流。通过这些涡流，《红拂夜奔》的叙事任务也就被分解成不同的模块。这些模块分别承担不同的运算，从而得出一个个相对独立的解，如同一支支长矛，指向了现实生活中无所不在的权力禁锢。

虬髯客作为“风尘三侠”之一，他本来才是这个民间故事的主人公，《太平广记》中就是以《虬髯客》作为篇名的。在第一次故事重写的《红拂夜奔》里面，虬髯客变成了一个性格古怪的剑客；而到了长篇《红拂夜奔》中，虬髯客就是一个彻底的怪人了。首先，虬髯客是一个技术人才，他精通剑术，匠心独具，能斩蝴蝶和流萤，能刺清风和明月，还能教红拂劈死苍蝇。其次，他性格古怪，整天嚼草鞋，不善言辞。这也符合技术人才的普遍特点，专注于技术，虽然心里喜欢红拂，却没能很好地表达。最后，他最初听命于权力机构，后来逃离，创立了自己的事业，相当于知识分子辞职下海经商，或是从技术岗位成功走上领导岗位。他是三人中唯一成功逃离了长安城、自立为王的人。在王小波这里，虬髯客成为一个丑角，他的大胡子不再是美貌，而成为邋遢、不修边幅的象征。与李靖的装傻和红拂的寻死不同，虬髯客的人生轨迹是“堕落”。王小波采用变形的手法对他堕落之前和之后进行了夸张的描写，为此甚至还在第八章开篇处对这种变形作了说明：“本章的内容受到了卡夫卡《变形记》的影响。这位前辈大师的人格和作者极为近似。”虬髯客的每一次变形就是一次情节重写，每一次变形就是一次运算和叠加，最后我们会发现虬髯客的形象既深刻又庞杂，充满了不稳定性，仿佛是很多个同类人物的叠加。带着这种认识来反观李靖和红拂，也可以发现类似的情况。这是人物被抽象为原始数据，不断赋值之后的结果。每一次赋值，都会产生一个新的人物，他拥有与人物基本设定大致相似的性格特点，却又似是而非。这样的阅读感受，正好又佐证了“沙盘诗学”在小说中的存在。从另一个角度来看，王小波笔下的人物，都是人物的集合，他写了一个人物（包括所有作品中提到的王二），其实也是写了无数个人物。这只能说是一个独特的特点，而不能说是一个成功的范式。因为人物作为小说创作最重要的元素之一，它对统一性的要求是最高的：人物形象的建立要求情节，甚至人物所处的环境也要为它服务。而王小波采用“沙盘诗学”的技术方法，企图打破这种统一性。这是否会使作家背离他创作的本意呢？对此，卡尔维诺曾在《新千年文学备忘录》中谈论作品的繁复风格时说道，“也许有人会反对说，作品愈是倾向于包含各种可能性的繁复化，就愈是远离独特性也即作家的自我、他内在的诚实和对他自己的真理的发现。但我会回答：我们是谁，我们大家是谁，如果不是经验、资料、我们所读的书、想象的事物的一个综合？每一个生命都是一部百科全书、一个图书馆、一座物品储藏库、一系列风格，而每一样东西都可以不断调换位置并以每一种可设想的方式重新编排”。也就是说，在卡尔维诺看来，所谓对自我的背离其实是不存在的，因为并不存在一个一成不变的自我，每个人都是由诸多的经验和记忆构成，而这些经验记忆本身也是流动的，不稳定的。所以，作为人物形象的重叠，看似是对既有程式的背叛，实则更接近于真实。

这种艺术真实，其实在绘画艺术中会更容易理解。比如凡·高的名画《星空》，把天空变形，弄得歪歪扭扭，好像跟日常所见的星空没有什么关系。但在刘慈欣的《三体》中，当太阳系快要跌入二维的时候，人们看到的是凡·高《星空》那样的景象。《三体》用一个末日的故事来告诉我们，所谓的抽象与现实，在某一个时刻也是可以互换，或者说，最为优秀的抽象，其实更是另一种真实。

04

4 《寻找无双》：智慧的遭遇

（1）历史记忆的遭遇

1993年7月，《寻找无双》完成之后，王小波郑重其事写了一篇序言，除了“吾诗已成”这样不无骄傲的宣告之外，他还说道：“而思维的快乐则是人生乐趣中最重要的一种。本书就是一本关天智慧，更确切地说，关于智慧的遭遇的书。”同一年，王小波还计划将《寻找无双》《革命时期的爱情》和《红拂夜奔》三部小说集结出版，取名为《怀疑三部曲》，但后来并没有成功。他在《怀疑三部曲》的序言中又说：“当然，人有贤愚之分，但一个人认为思维是快乐的，那他就可说是热爱智慧的。我现在对这一点甚为怀疑，不是怀疑自己，而是怀疑每个人都热爱智慧。我写《寻找无双》时，心里总是在想这个问题。”

可见，王小波的写作目标非常明确，这是写一本关于“智慧的遭遇”的书。虽然在《怀疑三部曲》的那篇序言中王小波用智慧、性爱和有趣这三个词分别来定义《寻找无双》《革命时期的爱情》《红拂夜奔》三部小说的主题，但如果将同时期创作完成的《红拂夜奔》和《寻找无双》放在一起看，就会发现“智慧的遭遇”这样一个主题，可能更适合《红拂夜奔》。所以我们不妨这么猜测，第一部长篇《寻找无双》完成时，《红拂夜奔》其实也同时启动，或者已经处于写作中，前者的探索为后者提供了经验。那么《寻找无双》到底写的是什么？与其说是“智慧的遭遇”，不如加一个定语使其更为准确：智慧在寻找历史记忆过程中的遭遇。与“智慧的遭遇”这个大主题相比，“历史记忆”作为一个重要的隐喻，不得不单独拎出来。王仙客走进宣阳坊，他感受到的是个人在面对权力所塑造的集体记忆时那种痛苦和无力。这对一个人来说是记忆，对于一群人来说则是历史，特别是具有高智商的一个群体。站在智慧的反面的，居然也不是愚蠢，而是彻底的荒谬。这种荒谬是更深的绝望。“智慧的遭遇”是一种多么巧妙的说法，它简直可以概括薛嵩、李靖和王仙客的所有遭遇。如果带着“智慧的遭遇”这样一个主题走进故事，多数读者可能会感到困惑；但如果说这是一个讨论“历史记忆”的小说，则许多谜团会迎刃而解。历史和遗忘作为切入故事的一环，正好构成荒谬本身，也成为“智慧的遭遇”最痛苦的部分——明明应该记得，明明应该找到，但“智慧的遭遇”偏偏走向了反面。

可能有人会质疑，为什么一个讨论历史记忆的小说，却看不出什么历史感？小说中的历史完全被瓦解为零碎的记忆和轻佻的嘲笑。首先，今天的读者生活在一个加速细分的时代，所以历史感也是细分的，甚至是流动的，并不存在一成不变的历史感。其次，必须认识到，对文学生产而言，历史感是文学标本制作过程的副产品。因为刚好需要在某一段时间中生存的感觉，顺便保存了历史感，如此而已。一味去追寻历史感和所谓的历史厚度的作家，大多没有什么出息。一个创作者处理历史和记忆最重要是明白在什么维度上进行处理最为顺手，最能写出品质。因为品质决定了一个作品会不会速朽。而一个作品，并不是书写未来时间就会走向未来和不朽；相反，我们现在阅读的大部分文学作品，都是书写过去特定的历史时期的，比如《红楼梦》，读者依然能在阅读中看见自己，依然可以产生共情，依然能看到时间中的盛衰悲喜。所以，文学是浩瀚的时间一个标本。文学是人类生活的标本，里面包含了情感生活和时间记忆，也包含了一个时代的审美。从这个角度去理解《寻找无双》才能明白王小波对于他的第一部长篇小说为何采用这样的写法，为什么需要让王仙客一遍又一遍地寻找无双。正因为一遍又一遍的寻找，每一次的寻找就需要将故事重新开始。

（2）长安城宣阳坊里的“沙盘诗学”

程序员王小波非常严谨地规划他的第一部长篇小说，《寻找无双》被平均分为十章，每章的字数约为一万字，而其中有八章的第一句话都以“王仙客到长安城里找无双”的同类句式开头，旗帜鲜明地进行情节重写。

唐代薛调的《无双传》原来讲的是一个青梅竹马的恋爱故事，故事的重点在于王仙客营救被没籍为宫女的无双，二人在众豪士的帮助下终于成功逃脱，从此浪迹江湖，有情人终成眷属。《寻找无双》基本放弃了《无双传》的故事框架，只提取了王仙客和无双等几个人物，而且无双这个人物自始至终都处于缺席中，她的存在必须经由别人的叙述来不断论证。而这部十万字的长篇，可以说几乎没有情节，它的主干情节就是文中不断重复的那一句话：王仙客到长安城寻找无双。这个情节原来只是《无双传》中一个非常次要的情节而已，却在这里被放大成十万字的长篇。这样的处理，跟《万寿寺》和《红拂夜奔》是相同的：从传奇故事中提取简单的人物关系和简单的故事情节作为原始数据，再通过“沙盘诗学”这样的重复运算来让整部小说不断丰盈。这是不断做加法的小说技巧，由此需要在每一次的叙述中不断补充细节，并添加属性匹配的人物，比如绒线铺侯老板、坊吏王安老爹、客栈孙老板、绸缎铺罗老板以及梦中的鱼玄机等。这些人物像一个个被程序调用的函数，本意是用来解决问题的，但他们也进一步把问题复杂化，并一步步走向荒谬。论证他们的值是否正确的过程，也就是一次次进行假设，又一次次进行否认的过程，寻找无双这个主线进程的故事也在这个过程中不断得到发展。

“沙盘诗学”这样一种创作模式需要不断开始新的故事，从这个角度来看，王小波是一个非常善于开篇的作家。他认为第一句话被固定下来之后，后面的句式就自然会被带动。基于这样的认识，他在《寻找无双》中展现了他重复开启同一个故事的精妙能力。我们不妨将十章中的首句都罗列如下：

第一章：建元年间，王仙客到长安城里找无双，据他自己说，无双是这副模样：矮矮的个子，圆圆的脸，穿着半截袖子的小褂子和半截裤管的半短裤，手脚都被太阳晒得黝黑，眉毛稀稀拉拉的。

第二章：王仙客到长安城去找无双那一年，正好是二十五岁。

第三章：王仙客到长安城里找无双，长安城是这么一个地方：从空中俯瞰，它是个四四方方的大院子。

第四章：小时候我常做这样的梦，先是梦到了洪水猛兽，吓得要命。

第五章：王仙客到宣阳坊里找无双，无双总是找不到。

第六章：建元年间，王仙客和彩萍到宣阳坊里找无双，和单独来时大不一样。

第七章：王仙客和彩萍在宣阳里找无双，我认为宣阳坊是个古怪地方，这里的事情谁都说不太准，就好像爱丽丝漫游奇境，谁知走到下一步会出什么事。

第八章：王仙客到宣阳坊来找无双，宣阳坊是孙老板住的地方。

第九章：王仙客在宣阳坊里找无双时，老看见房顶上一只兔子。

第十章：我不说你就知道，在我们身边有好多人，他们的生活就是编一个故事。

我们仔细考察这十个开头，就会有一些有趣的发现：①基本的句式是“王仙客找无双+别的”。所谓“别的”，是一些跟寻找这个动作相关但又无关紧要的事，比如“王仙客找无双+无双的长相”“王仙客找无双+王仙客年龄”“王仙客找无双+院子的情况”“王仙客找无双+彩萍”“王仙客找无双+孙老板”“王仙客找无双+兔子”。②十个开头中“王仙客找无双”与“别的”的相关度呈现下降趋势。比如开头谈论无双的长相，谈论王仙客年轻没经验，谈论院子的具体情况，这些都与寻找无双密切相关。到了后来就是添加元素，比如让彩萍（还有鱼玄机）、孙老板、兔子等人和动物加入了故事。第四章和

第十章，干脆就聊一些与寻找无关的事，但同时又拓展了故事的宽度。③几乎每个开篇都在点明寻找这件事，也点明了寻找的障碍所在。每一次重新复述寻找的故事要点，也在将叙事的焦点带离故事的主线。于是，每一次的情节重写都带来了丰富的信息，但这些信息并不利于寻找，往往还是障碍。

将这十个开头念下来，我们既能看到故事的主线，又能看到叙事的句式妖娆蹁跹，就如水面上的一个个涟漪。说像涟漪是因为有扰动，叙事空间的形成是因为有障碍，正如第五章的首句说王仙客找无双，“无双总是找不到”。“找不到”成为故事最大的荒谬，而为了解开这种荒谬，故事的程序就开始重复启动。为了穷尽并破解这种“找不到”的荒谬，王仙客的行为也开始从执着、迷惑而最终走向荒谬。王仙客需要面对坊吏的质疑和盘查，还需要在侯老板、罗老板、李老板等人的胡编乱造中寻找线索。他甚至开始自我质疑，怀疑无双并不存在，进而怀疑自己也不存在。这种情节很容易让我们联想起“文革”中的某些情景，也有理由相信这样的历史情景是触发王小波的创作动力的重要因素，让他将现实中的荒谬寓言化。最后王仙客不得不采用数学和逻辑推导来维持自己的信仰，让自己在纷扰面前保持清醒。他用开平方根的方式来证明自己的智慧依然存在，从而证明自己的存在，由此推导出“找不到”的无双也一定存在。这样的论证过程，看似是一个逻辑推导，其实跟递归算法的计算机思维有着本质的一致性，都是找到一个最简单的解，再返回去推导最复杂的情况。这样一个循环，也是将复杂任务分解为简单任务的过程。而这正是理性确立的过程。面对纷纭复杂的历史现状，一个知识分子只能回到最为简单的层面去思考问题。由内到外坚定了自己的信念之后，王仙客最终不得不使出诡计，或者说将计就计，用彩萍来装扮无双，用“归谬法”让情景重现，从一个假的结果倒推出前面的条件为假，从而证明了真正的无双曾经在宣阳坊生活过。他甚至不惜动用武力，才最终弄清楚无双的下落。

王小波曾经这样说过：“从逻辑上说，从一个错误的前提出发，什么都能推出来；从实际上看，一个扯谎的人什么都能编出来。所以假如你失去了理性，就会遇到大量令人诧异的新鲜事物，从此迷失在万花筒里，直到碰上了钉子。”在《寻找无双》中，逻辑推导以近似计算机程序运算的方式出现，“沙盘诗学”手法中隐含了对计算机算法的某些模拟。在第三章的结尾处，王小波甚至还直接将“执笔演算”与“执笔写作”进行了对比，并由此直接在小说中点明了“智慧的遭遇”这样的主旨。这样的元叙事笔法（即一直躲在幕后的作者直接跳出来对读者说话），实属罕见。

（3）“沙盘诗学”与双线结构

从《黄金时代》开始，王小波的小说就以多线叙事、双线叙事为常态。不过，在第一部长篇《寻找无双》中，采用的方式更接近单线程，并没有像《红拂夜奔》和《万寿寺》那样，将现实的故事线作用完整发挥出来，构成对传奇故事循环模式的有效支撑。虽然如此，王小波双线并进的创作思维依然存在。他在《寻找无双》的开篇专门写了一段“有关这篇小说”的说明文字，为故事的副线做了一个说明，我们仔细留意就会发现这段说明中的人物设置，便是《我的阴阳两界》的故事背景。这个第一人称身份的存在，让每一次“沙盘诗学”的运用都具备了现实意义，也让古今对照的写法十分自然就剑指现实中的各种问题。也就是说，王小波借助另一部小说的故事线，为他要创作的新长篇小说提供了支撑。按照这样的思路，我们就不难理解为什么在《红拂夜奔》中，王二这个人物的故事被丰富成求证数学定理的数学家，而到了《万寿寺》中，现实故事线变成了套盒结构的外壳，王二既是小说的主人公，同时还是薛嵩故事的创作者、不断修改重写者。看清了王小波对双线叙事所做的处理，就能够体会双线结构中人称变化的难点。在小说的创作上，第一人称会产生最强烈的代入感，而第三人称则会让叙述者与叙述对象之间多了一些距离感。王小波在人称上采取的策略是：传奇故事线用第三人称，现实故事线用第一人称。这样的处理，有利于用第一人称来巩固现实故事线的真实性，而用第三人称来称呼经过还原处理的符号化人物时，又能保持一种产生黑色幽默所需要的距离感。偶有例外，那是在《万寿寺》中，现实中的“我”常常穿越时空，成为凤凰寨里的某个人物。不过这样的处理，需要作者最后站出来宣布自由变换的原因是由于“我”就是薛嵩故事的作者，作者是可以自由的。以元叙事调侃的方式消解了故事中人称的规则偶然出现的错乱。

前面章节中我们引用过略萨的“连通管”概念，用以形象解释叙事在双线中的来回跳转。虽然略萨在定义“连通管”概念时，只强调了对位并置的情节或情景之间的“交往”，并没有在语词层面进行详细阐述。但是我们在王小波的双线情节并置中，往往可以发现非常具有标志性意义的“连通管”——由某些句式构成的“跳转命令符”，作者用它们来连接它们间隔的情节。比如在《寻找无双》中出现这样的句子：“我是王二而不是王仙客，但是有一件事在我们身上是一模一样的，那就是每次遇到难办的事时，用不着知道它的来龙去脉，也用不着等待事态发展，就知道这事难办。”“据我所知，王仙客和我是一样的人，老是不知道眼前的世界是不是梦境，因此就不知该不该拿它当真。”王仙客和王二，在故事线和现实线中出现了同样的困难，出现了同样的迷惑，叙事以这样的方式实现了在双线之间的跳转。最早在《立新街甲一号与昆仑奴》这个短篇小说中出现的“古今一般同”的感觉，成为故事跳转最好的“连通管”。到了《万寿寺》中，连通的管道直接融合了两个世界：“现在我终于明白，在长安城里我不可能是别人，只能是薛嵩。薛嵩也不可能是别人，只能是我。”双线的每一次融合和拆分，都是一个新的循环的开始，情节就可以重新来过，以这样巧妙的方式，王小波又执行了一次“沙盘诗学”的运算。故事不断在重新开始，每一次开始都是打开一扇门，这些门有的通往未来，而有的通往过去。

05

5

转述与意象：黄金白银中的诗意

王小波在四十五岁的盛年离开了这个世界，那正是他创造力最旺盛的年龄。多年过去，王小波的作品没有因为时间的流逝而贬值，相反，他拥有越来越多的读者。王小波的作品风格鲜明，无论是杂文还是小说，都具有很高的辨识度。王小波才华横溢，他的精神家园充满了天真的想象和奇诡的思辨。在这个万物互联、信息爆满而逐渐同质化的世界里，富有远见的思想和独特风格的文字表达便显得异常珍贵。许多读者内心有个期待，便是希望循着他特殊的人生经历，探索他小说风格形成的密码。

王小波独特的叙事风格，为中国小说叙事美学提供了轻逸而繁复的维度上的典范。我们阅读王小波的小说，会有酣畅淋漓会心一笑的阅读感受，这除了是思维的激荡和语言的幽默所带来的愉悦之外，更重要的是因王小波让我们看到了故事的多维展开。由此我们可以看到故事元素的所有平面，就像毕加索“立体主义”所创造的那样。“沙盘诗学”作为一种写作技术，或者说是一种创作诗学，它是向无限可能的挑战和敞开。

这种旋涡式的叙述驱动着故事，也同时辐射到现实的方方面面。如果说一篇杂文只能讨论一个问题，那么小说就可以任意讨论叙述的涡流触及的问题。由此产生的语言和意象的重复只是挑战无限可能的副产品。王小波用他的“时代三部曲”告诉我们，小说的轻逸如何向繁复借力，而繁复又应该如何避免沉重。本文将以《黄金时代》和《白银时代》为例，来探讨这个问题。

（1）反复转述：语言旋涡中的“沙盘诗学”

1991年，中篇小说《黄金时代》获得《联合报》文学奖中篇小说大奖，《人民日报·海外版》的报道称王小波为“文坛外高手”。这可以作为王小波成为文坛神话的开始。《黄金时代》是王小波苦心经营之作，前前后后修改了无数遍，多次重写，他在获奖感言中说：“这篇小说是我的宠儿。”

这个“宠儿”来之不易。王小波在他的随笔杂文中提到他有十年放弃写小说，原因是读了图尼埃尔《少女与死》、杜拉斯《情人》等作品深受震撼，他在文中说“现代小说家曾经使我大受惊吓”。这种惊吓可以视为眼界大开。与此同时他一直在修改《黄金时代》，所以可以将《黄金时代》的一举成名，视为王小波吸收各种小说技术并反复总结修习之后的重要成果。那么，《黄金时代》中到底蕴藏着王小波什么写作秘密呢？

王小波这个程序员对作品的字数十分讲究，他曾说自己特别喜欢写六万字左右的长中篇：“比如我的《未来世界》，就是这么长。《情人》《法官和他的刽子手》等名篇也是这么长。”但六万字总是无法作为长篇，而王小波对长篇小说还是有着一份执着。1997年由花城出版社出版的《黄金时代》是由王小波亲自编定的版本。书中《黄金时代》包含了《黄金时代》《三十而立》《似水流年》三部中篇，约十万字。做一个猜想，《革命时期的爱情》大约十万字，《寻找无双》大约十万字，王小波的这次编选，用意可能也是将之视为一个小长篇。但后来有出版社将《黄金时代》三个中篇拆开，独立成篇，于是《黄金时代》在各种图书版本中，基本是以三万字的版本出现。

但细心阅读即可发现，在这个三万字版的《黄金时代》中，故事情节的相当一部分是由对话构成的。更具体说，是由转述构成的。其重要特征是，“陈清扬说”这样的句式在文中出现大约50次之多。如果考察这些句式的分布又会发现，“陈清扬说”这样的句子通常用在段首，并且几段连续，比如小说的第十节共有十五个段落，但其中有八个段落是由“陈清扬说”来开头的。正是这些“陈清扬说”将这八段文字完美串联起来，以优美的语感形成情感的漩涡，让我们一次次回到陈清扬上山找王二的情景里。这一段简单的情节，就在这样一次次的书写中变得不简单，变得充满值得诠释的意义。而这八段平行的程序，它们之间看起来并没有必然的关系，仿佛只是随意的铺陈，但如果要挪动它们的顺序，却需要费一番思量。正如他在《用一生来学习艺术》中所说的：“叙事没有按时空的顺序展开，但有另一种逻辑作为线索，这种逻辑我把它叫做艺术。”上山和“敦伟大友谊”在这八个段落中被妥帖地镶嵌进去，从第一段的“犹豫”到后来“下定了决心”，再到后面的两次“快乐异常”，可见其内在还是存在心理上的逻辑次序的。

所以，“陈清扬说”让《黄金时代》这部小说具有了两个第一人称的视角。除了“我”可以直接描述那时那刻的生存感觉之外，还有另一个“我”，即是不断在说话的陈清扬，她将情景一遍遍地重现。在整个故事中，陈清扬最开始是清白无罪的，但她无法证明自己的清白，于是王二建议她证明自己有罪，在证明他们不无辜的过程中，陈清扬彻底明白了自己的罪孽，也则是王二所说：“在那一瞬间她爱上了我，而且这件事永远不能改变。”所以《黄金时代》讲的其实是“革命时代的爱情”，它反反复复进行论证，进行情节重写，最后得出的解是：爱情。但当陈清扬将“爱情”作为罪孽写进材料里头时，她却被当成无罪的了。

“沙盘诗学”不断将故事再讲一次，在一次次情节重写的过程中，叙事的情节和情景总是需要不断被抹除和重置。陈清扬和王二的故事，从谈论无辜到进山“干坏事”再到后面一次次地写交代材料，总是在重复讲述中一次次重新开始，而王小波将每一种可能都进行否定，最后猝不及防得出来“爱情”这个解。叙事中的不断否定，其实是“沙盘诗学”推演中的必然。赵毅衡在《叙述在否定中展开——四句破，符号方阵，〈黄金时代〉》一文中借助佛教大师龙树的“四句破”逻辑方式和格雷马斯方阵来分析《黄金时代》，指出这部小说的叙述逻辑是在不断否定中展开：“借不断否定而叙述违规，最后堂而皇之把‘干破鞋’叫做‘爱情’而予以彻底颠覆，这才是《黄金时代》的深长意味之所在，这才是这个不长的中篇发出的真正冲击力。”这篇文章正好从侧面佐证了“沙盘诗学”的还原重置功能是在不断的演算中寻找最优解。爱情的纯洁无瑕永世不可改变，正好对批斗和绞杀形成绝妙的反讽。而到这时，爱的发生使陈清扬成功证明了自己有罪："承认了这个，就等于承认了一切罪孽。"所以在《黄金时代》中，王小波不但有反抗设置的斗士面相，也有赞美爱情、论证爱情的温柔面相。

这种"永远不可改变"的爱情容易让我们想起杜拉斯的《情人》中对爱情的理解，同样是热烈绽放的性爱，同样是一生一世的深情。开头一句"我已经老了"让故事充满回忆，也充满了诗意，这样的诗意来自时间，以及在时间中每个人对于感情的理解。在《黄金时代》中，除了"陈清扬说"这样的句式反复出现之外，另一个高频词就是"后来"，这个词一共出现了六十六次之多。"后来"表达了时间的拉长，表达了深情的回望。两个组词相加之后，就变成"陈清扬后来说"，这样的句式不单有主动的表达，而且有了时间感。

有时间感的复述成为推动故事的重要动力。阅读《情人》我们也能发现，每一次故事出现情感波澜时，都会有对话出现。这些对话客观上推动着情节走向纵深，还可以很好地铺陈情景，成为叙事的一部分。这一个技术，应该师承于卡尔维诺。

贯穿卡尔维诺《看不见的城市》这部小说的是在皇宫之中大汗忽必烈和马可·波罗的一连串对话，这些对话放在每个章节的开头和结尾，像一根绳子串起对城市的零碎描述（它们如一首首短诗）。这是一种双线结构，大汗和马可的对话构成一条故事线，另一条线则挂满了抽象的城市描绘。卡尔维诺在《新千年文学备忘录》中这么阐释他在《看不见的城市》这本书的写作上的探索，"我便明白我对精确的探索，朝着两个方向发展：一方面是把次要事件简化为抽象模式，再根据这个抽象模式进行运算，证明定理；另一方面，是文字所做的努力，旨在尽可能精确地表现事物可触可摸的方面”。这段描述，简直是对王小波“沙盘诗学”叙事风格中的双线叙事模式的精确解读，也可以看到王小波一直喜欢的双线叙事，在卡尔维诺这边得到了重视，他必定产生“心有戚戚焉”的触动。

除了双线叙事之外，王小波对卡尔维诺写作方法的继承还体现在用对话驱动情节这一点上。在《看不见的城市》中，大汗与马可的对话中有情绪，有意象，每一座城市都成为想象的容器和美感的词典。而对话被处理为结构作品的框架，成为推进小说叙述的动力，对话和叙事在这里模糊了界限，其中混合着情感和想象。后来他也将之运用到长篇小说的写作中，比如在《寻找无双》中，也出现了类似“陈清扬说”这样的段落结构，只不过换成了“罗老板说”，罗老板陈述了鱼玄机的故事。将这些连续的段落的第一句话摘取出来就构成这样的叙述：“罗老板还说，我开了一辈子的绸缎铺，卖了一辈子的白缎子，从没看到一个女人穿上白缎子像鱼玄机那样合适……罗老板说，当时他就站在十字路口的一个角上，载着鱼玄机的刑车在很近的距离内驶了过去……罗老板还说，后来鱼玄机从车上下来，走上那座黄土筑的台子……罗老板说，鱼玄机的手十指纤长，指甲涂丹；长发委地，光可鉴人，十分好看……罗老板告诉了王仙客一切事情，只有一件事没有说……”在这里，“罗老板说”这个“说”本身已经变成一个循环的“沙盘诗学”的框架，而不是单纯的对话。罗老板这段非常主观的叙述，非常自然地带上某种不确定性，从而与真正被聚焦的叙事主体王仙客形成错位，进一步拉开了叙述人与叙述对象的距离，形成一个可以任由想象驰骋的故事空间。

综上所述，从《黄金时代》中可以看出，王小波在卡尔维诺、杜拉斯等前辈那里学习的是一种对话转述的叙事技巧。这种对话转述的写法，既为“沙盘诗学”提供了必要的结构框架，也能够让第三人称的人物转为第一人称，以主观的视觉来陈述故事。如果在这种对话转述中加入时间感，则有利于进行深情的情感表达；如果在这种对话转述中加入距离感，则容易形成充满想象的情景。正是这样的叙事模式所形成的基调和节奏，构成了王小波小说读起来优美深情而充满想象的秘密。

（2）意象叠加：诗意对可能性的敞开

《白银时代》包含三部小说：《白银时代》《未来世界》和《2015》（有的版本将《2010》也收录进去）。王小波是在1996年才修订完《白银时代》的，他没有来得及为书中的未来世界点明题旨便离开了。但他在1995年为《未来世界》所写序言里，不同意将之视为科幻小说，他以《1984》和《我们的祖先》不能列入科幻小说和历史小说为例，反对这些作品被视为类型小说：“……这些作品可以简单地称之为小说。我想，这个名字就够了。”《未来世界》获得《联合报》文学奖时，他在获奖感言中也明确表达了类似观点。从题材开发上看，他希望用“白银”的未来世界来对应“青铜”的历史故事，而他的“黄金时代”是指性欲勃发的青春岁月。或者说，“黄金时代”系列是对人生经验的直接开发，而“青铜时代”系列是以传奇故事为原始数据的想象狂欢，但到了白银时代，则无所依凭，只有奥威尔、卡夫卡等前辈作家所建立的坐标。王小波在对自己的人生经验进行第一次开发之后完成了“黄金时代”系列，而后兵分两路，向过去与未来的两个方向开垦。他曾在给朋友的信件中这样说："我觉得所有的作家分成两类，一类在解释自己，另一类在另外开拓世界。前一类作家写的一切，其实是广义的个人经历，如海明威；而后一类作家主要是凭想象力来营造一些什么，比如卡尔维诺、尤瑟纳尔等人。现我正朝后一类作家的方向发展，所以写出的东西看上去有点怪。"可见王小波对自己的写作规划非常清晰，他也明白自己的个人经验已经被开发得差不多了，需要"另外开拓世界"。细细体会这样的写作轨迹，能看到一个热爱电脑编程的作家的探索，以及这种探索背后的付出。

王小波写过一篇非常著名的杂文，叫《一只特立独行的猪》。在这篇文章里，他虚构了一头聪明且有个性的猪，这头猪不服从人类的规训，坚决反抗，追寻自由。王小波在文中有一段很值得琢磨的话："对生活做种种设置是人特有的品性。不光是设置动物，也设置自己。我们知道，在古希腊有个斯巴达，那里的生活被设置得了无生趣，其目的就是要使男人成为亡命战士，使女人成为生育机器，前者像些斗鸡，后者像些母猪。"这里的关键词是"设置"。如果以电脑作为比喻，那么就是高权限的管理者就要给没有权限的角色进行设置和赋值。一定的设置就如法律，可以保证社会的运转；一旦公权力被滥用，整个社会被过度设置，那么人的生活就与一头猪无异，也将了无生趣。这些小说，就是在"对生活做种种设置是人特有的品性"这个假设的大前提之上进行创作的，所以很多评论者将之视为"反乌托邦"的作品。

以中篇《白银时代》为例，王小波以一个生活在20世纪90年代的作家的视角，来写一个2020年的故事，并将整个故事的环境和人物关系异化，同时将情节以反复重写的形式出现，这样确实构建了一个“反乌托邦”的世界观。王小波在情节重写中构筑意象，将故事从点到面逐渐铺陈开来，在这个过程中植入了逻辑推演，同时他为自己的小说寻找到了天然的论题：自由和极权的对立关系。王小波在《白银时代》中对这个被过度设置的世界发起了攻击，“沙盘诗学”就在这一次次的攻击中出现。和以往一样，“沙盘诗学”依旧承担了结构整个小说框架的作用：一篇题为《师生恋》的小说，故事在重写中反复重复了十几遍。“我的故事开始时”“我的故事另有一种开始”“在这些新故事里”“我的故事只有一种开始”……这些重启故事的句式，成为“沙盘诗学”发生的标志。而在《未来世界》中，这种循环体现在“重新安置”上，其中《我的舅舅》后来直接成为“我”创作的传记作品，小说又形成了套盒结构，可见王小波对这种结构的偏爱。在这种极度压抑的设置中，人物逐渐被还原为符号，甚至只能有代号。值得一提的是，王小波在这里启用了一个称呼叫“我舅舅”，这是一个非常有意思的人称和视角。奥尔加·托卡尔丘克在她的诺贝尔文学奖获奖演讲“温柔的叙述者”中曾提到她梦想有一种“第四人称”的叙述者：“能够成功囊括每个角色的视角，并且有能力跨越每个角色的视野，看得更多，视野更广，忘却时间概念。”窃以为“我舅舅”这种人称，应该部分接近“第四人称”概念，它刚好处于第一人称和第三人称之间，又兼具两种人称的叙述视角。

“白银时代”系列小说中许多人物在反复的循环中隐约相似，无论是《未来世界》中的大舅舅，还是《2015》里的小舅舅，还是《白银时代》中的“我”，都来自同一个原始数据，都具有知识分子或艺术家的身份，被看管和设置，生活毫无自由可言。而这时“性爱”几乎成为唯一的反抗手段，但在未来的时间，“性”的反抗并不能像《黄金时代》那样具有反讽的热力，或者如《青铜时代》中具有狂欢的变形，在“白银时代”中性爱也是一种配置，只能在小小的缝隙里，看到一点点情爱之光。小姚阿姨和F等女性的形象都具有相似性。可见在不断地情节重写中，人物形象也出现了叠加，整体变得模糊，最后只留下施虐者和受虐者两个角色。刻画人物形象的任务在这里失效，重要的是被建构起来的世界观中所呈现的氛围，那些由黑色的皮夹克、黑色的家具、黑色的汽车、黑色的停车场、黑色的树叶等意象共同构成的未来世界，才是小说的真正主角。

在“白银时代”这几部小说中，重要的不是“形象”，而是“意象”，是“立象以尽意”，是如同电脑渲染的混沌画面一样。意象一般用来分析诗歌，用于分析小说就有点奇怪。但王小波早年也曾写诗，他在早期小说《我在荒岛上迎接黎明》中曾借用人物之口非常抒情地说，“在冥想之中长大了以后，我开始喜欢诗……真希望能永远读下去，打破这个寂寞的大海。我希望自己能写这样的诗。我希望自己也是一颗星星：如果我会发光，就不必害怕黑暗”。王小波希望战胜黑暗、恐惧和寂寞的方式，居然是写诗。那么，“白银时代”系列的未来世界，不正是这样一个充满了黑暗、恐惧和寂寞而无趣的“非诗”世界吗？所以，这是一场诗与非诗的战争，他希望通过诗的胜利，让每个人的精神家园都变成：“在两条竹篱笆之中，篱笆上开满了紫色的牵牛花，在每个花蕊上，都落了一只蓝蜻蜓。”

那王小波在小说中留下的是什么意象呢？房伟曾深入分析

王小波的小说，并提出他的小说中存在性爱、刑罚和游戏场等三大意象：“‘游戏场’既是创作主体对‘性游戏’‘刑罚’意象的内在心理体验，也是‘性爱’‘刑罚’中呈现出来的独特的价值境界和精神谱系。”毫无疑问，王小波的小说中经常会出现虐恋的性游戏。具体到“白银时代”，里面出现的女老师、女领导、女监视者都是施虐的一方，而作为知识分子、艺术家、创作者总是受虐的一方，这刚好对应了权力的掌控者和被统治者之间的关系。通过这样的比对，确立这样的意象，又该作何理解呢？首先应该明白王小波对于性虐游戏的题材情有独钟，这样的写作资源应该来自他的妻子李银河对于虐恋亚文化的相关研究。其次要看到在性爱的游戏场中衍生出来的活力，正好是对钢铁一般的权利秩序的反抗和反讽：“我舅舅睁开眼睛，看到一个红彤彤的女人骑在他身上，颈上的红丝巾和头发就如野马的鬃毛一样飞扬。”这样充满性暗示的场面居然发生在管教和犯人之间，我们不禁会心一笑，明白铁桶一般无趣的世界也有野性之光照耀进来。王小波对情色描写和色情文学有自己的独到理解，他也曾在杂文中这样说道：“要使一个社会中一流的作者去写色情文学，必须有极严酷的社会环境和最不正常的性心理。在这种情况下，色情文学是对假正经的反击。”由此可见这是他的反击，他要在假正经的社会体系中召唤人身上最原始的野性，所以他写所谓男女之间的施虐和受虐，无非是希望通过特别的方式唤起人内心最原始的动物性，以此来破坏权力的设置，就如那头特立独行的猪所做的那样。

所以，王小波在未来世界生成的是一种野性的意象，他希望在一片死灰中保留一点俏皮的个性和野性。而且，重要的不是意象的分类，而是在“沙盘诗学”作用之下同类意象的叠加。“意象叠加”是诗意对可能性的敞开，叠加野性意象，就能在充满设置和规训的世界里看见诗意的星光。

由此可见，“反复转述”是王小波“沙盘诗学”风格形成的重要密码，而“意象叠加”则是他小说之美形成的关键法门。

当然，我们必须清醒地意识到王小波还没能完成他自己。除了盛年离世的遗憾之外，我们也要看到这种叙事风格的极限。对“沙盘诗学”背后的思维习惯的过度依赖，让王小波没有办法从既有的风格中挣脱出来，像他喜欢的前辈大师那样，用故事和人物征服读者。我们看到了王小波如何开发自己的人生经验，也看到了他如何探索属于自己的风格，如何向过去和未来借力，还希望看到他如何摆脱“文革”和庸俗现世等假想敌，开拓出新的疆土，而他却突然离开了这个世界。从《黑铁时代》的未竟稿来看，他正在努力寻找答案，但繁复缠绕的剑法已经让他这样的剑客感到倦怠，如果再往前一步，也许一切就变得海阔天空。

但是，王小波依然是幸运的，他毕竟完成了对人生经验非常完美的开发。我们完全可以在他的作品中追寻到他的人生足迹，感受到他曾经感受过的美好：糟糕岁月中的美好，虚构王国中的美好，欲望滂沱的美好，才华横溢的美好。他天真浪漫，他金刚怒目，他又柔情似水，他应该可以像维特根斯坦那样宣布自己度过了美好绚烂的一生。行文至此，最后还是引用王小波的话来结束这篇文章：“有一天我们都会死去，追求智慧的道路还会有人在走着。死掉以后的事我看不到。但是我活着的时候，想到这件事，心里就很高兴。”

附录

有关写作的闲话

01 新冠时期的文学和命运

其实我不想谈文学，也不想谈命运，我想谈谈底线和概率。这场疫情的发生，给人最大的感慨是，每个人能活下来有一部分是因为运气好。很多事都是后来回想起来才觉得害怕。从2020年元旦到1月20日钟南山院士宣布“人传人”，这段空窗期里其实每个人都处于危险之中。那时说武汉有一百多例确诊了，大家还觉得那是一件遥远的事。手机上传的消息，更多是段子，比如，法庭上双方争执不下，结果因书记员不停咳嗽，加速了双方的和解。但20日深夜，一些消息开始慢慢被挖出来，远方的悲伤让人开始感到隐忧，当天夜里我凌晨三点才睡着。第二天我从广州开车回潮州老家过年，有新闻说很多人在抢购口罩，我心想这些人都过于恐慌了，口罩又不是什么贵重的东西，不至于需要抢购吧。我会有这样的判断，是因为抢购行为很容易让人联想起十七年前的“非典”，很多人盲目抢购白醋和板蓝根。我手上其实一个口罩都没有，中间经停服务区，很多人也没有戴口罩，但神色都匆忙而紧张。我心想买彩票从来没有中过，不至于这么倒霉吧，但还是不自觉加快了脚步。

病毒先于人类而存在，所以病毒并非仅与人类共存，而且与这个世界的普遍规律和常识共存。作为病毒与人类的一次战争，这场大疫必定会载入史册，它让人类只能口罩蒙面，它造成了许多看得见和看不见的巨大损失。每个人经受的磨难都是一座墓碑，那些猝不及防离开这个世界的人们，甚至都来不及看清楚发生了什么。一个作家绝对不能无视那些深夜里的眼泪和悲号。

很多人大概没想明白，文学的主要功能基本是后置的。国难当头，作家的心要始终和那些悲伤的人在一起，和那些“虽千万人吾往矣”的勇士在一起，这时候不需要你喧嚣欢腾、摇旗呐喊。每天都在增长的数字背后是一个个破碎的家庭，而病毒依然莫测，如何防护的常识需要通过珍贵的公共空间传播，这时一个写作的人最重要就是：别出来添乱。这里是医生和科学的舞台，不要想出来唱赞歌博眼球，写首诗还招骂，这是何苦？骂人的也无聊，皆属添乱之列。文学不在一时喧嚣，而在于万古人心。正因为如此，作家要在场，但不能急于表现，更应该看清楚。看清楚之后，就不能沉默。“为天地立心，为生民立命，为往圣继绝学，为万世开太平”，这当然是每个文人的志向。大难当前，每个人不能袖手旁观，作家如果沉默那是另一个灾难，需要有人仗义执言，需要有人辨明真理，需要有人为民请命，但恰恰不需要闹哄哄的自我宣传和献媚讨好，这是文人的底线。慷慨赴国难，一个作家必须主动探出头去凝视深渊，即使这样做有掉进去的危险。

面对灾难，面对瘟疫，世界上伟大的作家曾写出许多伟大的作品。马尔克斯有一本小说叫《霍乱时期的爱情》，这个书名也翻译为《爱在瘟疫蔓延时》。我以为写爱情者，很难写出超过它的作品。如果用一生的时间去反观，也许能更好理解这样一场灾难所带来的影响。许多人看到灾难造成了死亡和经济损失，但还有更多社会细部的、幽微的情感关系也很容易因一场瘟疫而改变。那阵子各地作协都在组织抗疫创作，过不久关于这场灾难的作品定如雪花纷飞，但究竟多少作品能留下来呢？我们的凝视能够到达什么地方呢？这个时代需要什么样的作品来为其代言？这些都是作家需要思考的问题。回头看，大师们的作品依然立在那里，高大而坚挺，不可撼动。这些石碑一样的作品是人类精神的杀毒系统，充满了使人反省和忏悔的力量。讨论人类重大疾病的作品，可能很多人会想到加缪的《鼠疫》，但我想谈谈萨拉马戈的《失明症漫记》。这是一部了不起的作品，它的伟大在于虚构了一场疾病但却让我们感觉到这一切仿佛昨天刚发生过。萨拉马戈进行了一场思想实验，他在书中模拟了全人类都失明之后的恐怖景象。会传染的失明症让整个社会逐步崩塌，作为病人的可怜虫为争夺必要的生存资源互相倾轧，人性完全沦丧，场面肮脏，不堪入目。萨拉马戈为我们论证了人类文明的脆弱，好不容易建立起来的社会伦理可能在一瞬间全部丧失。能够体面地活着，能够有尊严地死去，竟然成为一个人的高标而不是底线。而如何在一潭腐臭的淤泥中保持人之为人的底线，如何守住最后的人性之光，成为一个横在每个盲人面前巨大的难题。而这样的处境，其实并不陌生，“世乱遭飘荡，生还偶然遂”，灾难和战争一样，如果控制不住，那么每个人其实都是受害者，覆巢之下岂有完卵，那些睁眼瞎的历史不允许我们遗忘。就如这场疫情本质上就是人类文明和社会秩序与看不见的病毒以及看得见的腐朽机制之间的斗争。如果人类被彻底打败，那么萨拉马戈的小说就会成为预言。

人类如何面对战争，如何面对灾难，“托尔斯泰们”和“海明威们”都给出了很好的答案。但我们毕竟生活在托尔斯泰和海明威都没有见过的新世界，科技的进步让我们狂妄，而忘记了我们在宇宙之中近乎瞎子。不要忘记二战距离我们还不到一百年，而很多集体性的灾难其实更近，我们是否有足够的文明和伦理来应对这样的魔咒？当看到来自武汉那些狼狈不堪、捉襟见肘的新闻，所有的科技幻想应该会被踩在地上。我们原来以为人工智能无所不能，但如今，一个病毒就将我们赶进泥淖之中。茫茫宇宙，我们其实什么都看不见。宏观上看不见，等同于盲人；在微观处，在病毒面前，我们也差不多是盲人，稍有不慎，人类的聚会就沦为病毒的自助餐。

一场疫情，让我们看到活着是多么不容易。再进一步推想，每个人都应该明白，你能活着，是因为一些人守住了底线，而你刚好幸运地逃出死亡的覆盖区域。很多人也许会觉得，对于我们这样庞大的人口大国来说，这个死亡人数实属微不足道。但是，你要明白的是，那些黑色的数字中的每个人，他们原本可以不死的，他们都可能是每一个你，跟你一样无辜。你没有遭难，只是因为有一些人在前线抵御了恶魔，有另外一些人守住了人性的底线，还有一些人慷慨就义，而你刚好有一个好运气。从这个角度去看，远方每个人的死，都与我们有关；从另一个角度看，我们都是幸存者。他人的底线和老天的概率，决定了新冠时期每个人的命运。

元宵当天我从潮州老家回到广州，一路上有好几处查体温的站点，每个人都神情紧张。好多年没有在潮州过元宵，但这个元宵却令人心情复杂。此时，我的焦虑来自农村。我目力所及，农村中关于疫情的宣传能做的都做了，但村民对于外面发生的这场灾难还是缺乏应有的警惕和理解。加之农村社会每天密切的联络走动，人们不可能真正做到闭户不出。一旦有人感染，完全有可能全村“团灭”，整个链条非常脆弱。所幸几周过去，老家潮州没有新增确诊病例。希望华夏大地上的所有村落也都如此，享有本该属于土地的安宁。

假期突然变长，我做得最多是去田野散步，河边钓鱼，人也变得慵懒而烦躁，慵懒是因为心不在焉，烦躁是因为我知道外面每天都有人感染，手机上那根残忍的曲线还在上升。各种消息满天飞，口罩依然是稀缺品，我每天花在关心时事新闻上的时间成倍增长，拿起书总觉得心是乱的。假期结束我们进入轮流值班状态，每天都在忙碌着。偶尔遇到熟人，彼此都戴着口罩，需要几秒才反应过来对方是谁。是啊，好久不见，但大家都多了一份警惕，笑声都裹在口罩里。这样必要的生分还会继续到何时呢？何时才能摘下口罩把酒言欢？我不知道。

疫情还在持续，也不知道何时结束。海外又传来坏消息，病毒在世界上不同的角落流窜，每天有人因它而死。全球的感染人数在持续攀升，更远的远方有许多城市失守沦陷，从网络上的照片常可见欧洲空空的广场和茫然的鸽子。抬起头，阳台上的忍冬花欣欣向阳。此刻，他们在人间渡劫，只能忍耐，迎着阳光，活下去。

2 青春文学消亡史

（1）

出差或者旅行的路上，机场或高铁上来来往往都是人，常常免不了与陌生人并肩而坐。如果你是一名教师，或者律师，偶尔和邻座打破陌生人的界限攀谈起来，大概率能找到一点联系，比如对方会说，我的亲戚也是一名教师，甚至可以遇到自己的同行，彼此交换联系方式，或许还能达成合作。

但如果你是一名小说家，这种可能性几乎为零。我确实没有在公共空间的人海里遇到陌生同行。

“你好，我是小说家。”

“你好，我也是。”

这种陌生人初次会面的对话从来没有发生过。

前些日子到西北出席一个活动，归来途中，我在飞机上打开电脑写小说。飞机上手机没有信号，信息完全隔绝，我一直以为是个写小说的好地方。我刚进入写作状态，写了两段，旁边坐着一个年龄比我稍大的女人，盯着我的屏幕看了一会儿，突然问：

“你是一个作家？你在写小说？”我突然内心惊恐、不知所措，仿佛自己在干一件十分稀奇而羞耻的事情。我支支吾吾说了几句什么话，应付过去，继续写我的小说，但这时状态已经不太自然，总觉得旁边有人在观察我一举一动，非常不自在。

写作不知什么时候变成了这么私密的行当，或许这门手艺本身就羞于示人。教师可以有公开课，律师可以有旁听席，科学家可以有记录仪，甚至木匠也可以当众展示木雕手艺，唯有写作只能悄然进行，面对枯寂，面对自己独自言语的灵魂。从来没有哪个作家会那么无聊在公众场合或直播镜头前面演示写作。换言之，如果创作的过程用于表演，那么创作的目的也就悄然失效。

严肃小说家成为少数派，甚至几乎无法成为一个可以谋生的职业，背后自有复杂的原因。纸质阅读的堡垒逐渐沦陷，讲故事的人在当下最可能获得利益的工作是参与到影视行业里，成为故事提供者。影视为小说提供了演绎的渠道，相当于一次续命，但依然无法替代小说本身。而在另一个维度上看，创作的私密性，恰恰为小说纯度提供某种保证。同时，私密的手艺也为想象预留了最大的空间，有了密闭的创作环境，才可能有想象的腾飞。在小说里，作家可以是男人也可以是女人，可以是海盗也可以是书生，可以长出翅膀也可以杀人无数，人生如戏，戏如人生。这大概已经是写作赐予人的最大奖赏，它可以让你活在故事里。

说了这么多，只想强调写作在当下的具体境况。其实这样一个境况并非一直如此。对于“80后”的写作者来说，写作曾经作为一门显学呈现在我们面前。因为写作而辍学，因为写作而发家致富，因为写作而被名牌大学录取，诸如此类的传奇故事常在坊间流传。学校围墙外面的盗版书摊上，经常能看到同龄人的新书。21世纪的第一个十年，是青春文学的黄金时期，写作曾经被一部分人视为捷径和伟业，必定可以为不安于现实的灵魂提供一个扬眉吐气的机会。有了这样深深的误解之后，混得不怎么样的作家，卖不了几本书的非畅销作家，就容易被身边的人当成怪物。“不出名你写什么书？没有人排队让你签名你当什么作家？”身边的人看你的眼神多少带着同情，他们还会拍着你的肩膀说“苟富贵，勿相忘”，潜台词还是是作家就必须有被粉丝包围的一天。

校园里老师讲课时低头偷看小说，已经逐渐被替换为低头偷看手机。纸张被屏幕所驱逐，是过去二十年阅读媒介最重要的变化。纸张原来拥有很高的垄断地位，中学和大学里头的文学社团，一项重要工作就是编印属于自己的社团刊物。而在期刊报纸销量都断崖式下滑之时，掌握了校园发行渠道的青春文学杂志却迎来最后的黄金时代，催生了一批以明星姿态出现的作家。有那么一阵子，竟然还传来杂志创刊的消息，不过《独唱团》《大方》昙花一现之后，便进入“全民微信时代”。我在中学念书时参与文学社办刊物，大学参与社团办报刊，后来毕业之后当了几年教师，在学校里指导学生办刊物。每个学期都有那么一两次，需要陪着学生乘坐校车去卖杂志，学生们自己办的杂志，五元一本，一个下午居然能卖出一两千本。学生们很开心，我也跟着很开心，开心完了之后，我依然还会在课堂上没收他们藏在课桌底下偷看的课外书。之前电视剧《九州缥缈录》热播，我才想这本小说也曾被我没收过。出于一种歉疚，我把电视剧看完了，长长舒了一口气，在我心里闪过一句话：青春文学就这样消亡了。《九州缥缈录》有对历史的模拟，也有青春的情感模式，正是这两者的相加，让人看到其对宏大叙事的某种戏拟。而对那个年龄的读者来说，这样的菜谱刚好对了胃口。他们愿意读这样的书，也要比什么书都不读要好一些。现在的孩子们在课桌底下的手机里刷的是什么？大概只会是图片和视频，不会是这样的小说。

也许青春还在，消亡的是伴随青春成长的文学。

我反思我自己，也在青春的岁月里写过假模假式的文字，武侠的，历史模拟的，青春情感的，现在看来，也应该在被没收之列。而那时它们就印在各种青春杂志上，卖给比我小一些的学生阅读。写这些作品的时候，我正站在某个路口，有可能放弃写作，也有可能往畅销书作家的方向继续前进，而我选择了最为艰难的路，要去攀登最高的山。在我的青春写作结束之时，严肃文学的大门没有为我敞开，我经历了艰难的跋涉。青春文学并没有给我带来许多的读者，却留给我难以摆脱的“青春文学后遗症”。没有华丽转身，在文学路上的每一步都带着骨骼用力的咔咔声。

(2)

多年以前的一个冬夜，我手里托着一只瓷杯，小心翼翼穿过黑得不见五指的小巷，去给一位神婆送热茶。那时我六七岁，村子尚未通电，到处黑灯瞎火，神婆总必须在深夜作法，而我爷爷笃信神佑之力，非得命我前往奉茶。巫婆用哆嗦的嘴唇轻呷一口热茶，喉咙深处发出窔窔的声响，我在一旁大气不敢出，轻轻揉搓着被烫得生痛的手指。这样的情景在多年之后，被我写进了小说，成为小说中一个重要的起点，其中丰富的细节支撑起了想象的穹顶。

漆黑的村庄，暗夜独行的小孩，一个简单而平凡的场景，似乎不值得倾注更多的心力。但我相信细心的读者不会对此一览而过，他或者她，在盛夏或者寒冬，如果稍微凝视这样一个情景，就会明白这样神秘的氛围中凝结着作者生命中最神秘的那一个音符。透过文字细密的编排，我相信时空遥隔的理想读者可以读懂其中吹弹可破的梦境。

而这样的一个普通的记忆，恰恰是通过写作才会被重新唤醒的。如果没有写作，这样的一个情景大概也无法焕发任何光芒，而只会沉入阴暗的忘川之中，没有谁能将之擦亮。

记忆中，我也是从“作文小贼”起步的，逐渐模仿，逐渐抛弃，以至厌弃重复。我的中学时代已经是十几年前了，当时很多地方没有电脑网络，书籍是唯一的文字载体。那时候的作文题目跟现在一样吓人，大家都怕写作文，所以很多同学都有十来本作文选，叠起来高高的一沓。记忆中，从小学到初中，我拥有无数的作文选，五花八门的作文技巧，各种开头结尾，描人物描景色，无不分门别类、各自精彩。跟许多人一样，我的作文从抄抄摘摘开始，东一段西一段从各个选本的作文选中窃取词句，丝毫不觉得有任何羞愧。除了摘抄印刷成书的作文选，我的另一大能耐是抄袭哥哥姐姐、表哥表姐的作文，操作得当，还经常能骗得高分。

我小学得到表扬的第一篇作文是描写到外婆的农场掏鸡蛋。其实我外婆住得离我几十公里远，她家里压根也没农场，她养了几只鸭子，不养鸡，鸡蛋都是买的。就因为某本作文选里头有一篇掏鸡蛋的文章，于是我大胆地虚构了外婆的大农场，并学着当时作文经典的结尾写道：“为建设‘四个现代化’奉献一切力量！”感叹号还被我涂得粗黑，很骄傲的样子，其实我当时根本不知道“四个现代化”是啥东西。初中得表扬的第一篇文章是抄袭当时读师范的堂哥的周记，写一群孩子如何去捅电线。农村以前老是停电，停电了就拿竹竿捅电线，我们都习以为常，只知暗夜可怖，从来不知道这种事情居然可以写成文章。堂哥的那篇文章是我不喜欢的，觉得写得太老实，没有什么漂亮的句子，但当时时间紧任务重，别无选择，于是照抄了事，结果还受了表扬，这令我羞愧，同时也十分惊讶。

作文选抄得多了，我渐渐对里面老掉牙的文章感到不满足。夜深人静的时候，开始有一些句子从我心里蹦出来，跟作文选上的漂亮句子有着同样的精彩。我开始向一些报刊投稿，当时江苏有一本杂志叫《全国中学优秀作文选》，发表了我好几篇习作，这一回表扬我的不是语文老师，而是从全国各地纷至沓来的各种笔友的书信，极大满足了我的虚荣心。

反观过去这二十多年，从学写句子到写作文，从写作文到写作，作文选在我最初的写作路中扮演了十分神奇的角色。那些印刷粗糙的作文选，连同我的哥哥姐姐留给我的作文本，成了我写作的第一桶金，给了我第一个模仿的对象。在中学时代，大师太远，名著太深，读同龄人写的文章，多少能感受到一些共同的生活经验。照抄别人的文章自然不是光彩的事，但依葫芦画瓢却几乎是写作的必经之途。比如知道别人在写掏鸡蛋，我就可以选择写赶鹅；又比如知道捅电线可以写成作文，我就明白在月光下割稻谷也可以写成作文。所谓用心灵照亮心灵，也包含了这种看似简单的举一反三。时光易逝，太多东西在眼里和心里跑马而过，没有留下任何印记。而能够刻下一道痕迹的，或深或浅，都是生命的密码，里面的快乐与忧愁，皆可化为一曲幽歌。

记忆之于我们自己是宝贝，敝帚自珍，灼灼可人；而对于他人而言，不过破铜烂铁。我们背着破铜烂铁穿行于人世，而缪斯在暗夜中穿行，唯有写作能沟通人神，将记忆重新唤醒激活，成为珍宝。我们手中的诸多钥匙，“情绪”应该是最为有效的一把。通过情绪的驱动，去探寻记忆中隐藏的悲喜，探寻诗与谜，是进入写作之门的要道。

（3）

2014年夏天，我辞职到西藏转了一圈之后，被调入《花城》杂志编辑部，自此开始了文学期刊的编辑生活，更具体说是“青年作家+青年编辑”的双重生活模式。在职业前面加上“青年”的前缀，除了年龄原因，多数时候是出于谦虚，表明自己还是个学徒，是个菜鸟，并不资深。但我心里清楚，在那一批“90后”作家青年作家眼里，“80后”已经老得不行。早在2012年7月，第三届全国“90后”作家交流会在佛山举行，我和王威廉、李傻傻被作为“80后”作家的代表被邀请参会（大概因为我们住得近）时，我就明显感觉到年龄所带来的距离感，舞台是年轻人的，我们几个像无欲无求的老猫一样坐在角落里聊天。我不知道这个“90后”作家社团是如何被组织起来的，当时参会的“90后”作家现在有些依然活跃在文学现场（比如李唐和王苏辛），而多数消隐不见。活动现场有作协领导，有编剧，有记者，也有出版社编辑，还有一些为孩子保驾护航的家长跟随前来，非常积极找编辑推销自己孩子的作品。家长跟随孩子参加文学活动，同样的情况我只在新概念作文大赛看见过。这个活动使我第一次见证“90后”作家以这样的方式冲进文坛，假定文坛真的存在的话。

回望新世纪二十年，可以隐约看到屏幕攻占纸张之前，“80后”作家是借助商业化的造神运动以“天才少年”的形式出场，其后晚熟的“70后”和“80后”才用具体的文本逐步让拐弯的河流回到寂寞的传统河床上，而这中间，是青春文学的消亡史。青春文学刊物、青春文学图书、青春文学赛事，以及校园里狂热阅读青春文学的粉丝群体，都在不断消亡，文学社团在校园里已经没有什么感召力了。而在校园之外，微信、抖音和王者荣耀都存在屏幕上。这是一个屏幕驱逐纸张的时代，屏幕上容得下“十点读书”和南派三叔，但大概放不下鲁迅。这样的对举或许不太公允，但普通民众眼中的文学与文学专业人士眼中的文学差不多是两个东西，这是客观存在的错位。二十年过去，世界喧嚣不断，而文学瘦了，我们重新在文学的骨架上讨论青年文学和青年作家。

在传统文学因为专业细分而变得小众的背景下，文学期刊却在这几年迎来了一波涨稿费的热潮，稿费标准千字五百大概成为刊物竞争力的分水岭。这对作家无疑是好事。在文学生产的前线，作协系统、出版市场、高校、媒体、大小奖项和文学期刊共同构成了这个复杂生态的生长参数。这其中，文学刊物或许不是唯一对青年作家承担“发现”功能的载体，但过去几十年中，却是青年作家走向经典化的主要门径。各家刊物尽管口味风格各有不同，但没有谁不说自己非常重视挖掘青年作家的，毕竟摘桃子容易，但种树真的非常困难。所以话说回来，社交媒体普及之后，青年作家出道明显要比之前更为容易。以前最有效的投稿方式是寄送纸质打印稿，过程漫长，现在只要坚持写作，再怯于社交的人微信上都会认识一些刊物编辑，各种微信群增加了彼此的交集。

期刊编辑其实更像是猎人，出门打猎，对他们来说并不是退了多少稿子，而是发现了什么好稿子。文学期刊编辑也是命苦的一群人，认识的作家越多，工作量就越大。我成为编辑以前，总觉得编辑清闲，后来才知道这个行当忙起来连喝水的时间都没有。毕竟文学刊物不像纸张为王的时代那么荣耀，每个编辑部除了处理稿子之外，总有各种烦琐的事情需要去处理和应对。我到《花城》的前几年，写作上几乎处于休眠的状态，那两三年几乎没有写出什么像样的作品。不过作家和编辑两栖也有好处，就是刊物的作者中也有一起成长的同龄人，不同于前辈作家需要恭敬对待，青年作家交流起来更像朋友。

毕竟文学的骨架还在。都说青年作家是文学的未来，其实未来只是没有被锤坏的那一部分。都是如此，非常刻苦然后需要运气，需要被时代的光束照到。相对于时代的光，刊物与奖项的光束大概就如黑夜里的手电筒吧，作家年轻时总必须准备好带光泽的武器，待光照耀时，才能看到金属的质地。

更多的作者我没有见过，只是在邮箱和微信上有过简单的交流，甚至不知道年龄。我看稿子速度并不快，属于比较笨拙的那一类"猎人"，常常因为怠慢了朋友而道歉，还曾梦见被一批没来得及阅读的稿子的作者追杀。而编辑的快乐来自深入而有效的交流，比如提出的修改意见能被作者认可和接受，无论年轻新锐还是名家前辈，当他们能采纳自己提出的修改意见时，自己也有一些被认同的成就感。大概无论油腻中年还是青葱少年，好作者对待自己的作品有个共同点，就是固执而谦卑：对有的东西特别固执，对有的东西又能特别谦卑。前者让他们成为自己，后者让他们进步。

开始写吧，成为作家没有这么难！

为帮助你更好地阅读本书，我们提供了一下线上服务

作家的自我修养

- **文学大师写作课：** 系统学习写作思路，助你从0到1会创作。
- **阅读素材拓展：** 写作技巧、好书推荐助你迈出写作第一步！

写作锦囊

- **读书笔记：** 随时随地记录遇到的好词好句好段。

微信扫码，

成为作家并不难！